Lord der Buchhändlerhund

Von Michael Löblein

Buchbeschreibung:

Lord ist Buchhändler aus Berufung, der schwarze Labrador versucht stets seine Kundinnen und Kunden kompetent zu beraten. Da ihm seine Mithunde am Herzen liegen, versucht er aber auch sie für gesundes Essen zu begeistern, bisher mit eher mäßigem Erfolg. Mit Leidenschaft erstellt Lord Newsletter, in denen er das Selbstkochen hochhält. Er erlernt sogar das Fliegen und gründet eine Laufgruppe. Kann er es schaffen, den Bürgermeister Rolf zum Laufen zu bewegen? Die Antwort und einiges mehr steht in diesem Büchlein.

Lord der Buchhändlerhund

Von Michael Löblein

Bibliografische Information der Deutschen
Nationalbibliothek:
Die Deutsche Nationalbibliothek
verzeichnet diese Publikation in der Deutschen
Nationalbibliografie; detaillierte
bibliografische Daten sind im Internet über
http://dnb.dnb.de abrufbar.

1. Auflage 2019

Herstellung und Verlag: BoD Books on Demand, Norderstedt
Coverbild: © Silke Anders Hintergrund: Michael Löblein
ISBN: 9783746064857

Lord der Buchhändlerhund

Von Michael Löblein

Vorstellung und los geht´s

Mein Name ist Lord und ich bin ein schwarzer Labrador. Natürlich habe ich auch einen Beruf, und zwar Buchhändler. Ich versuche meine Kunden, für gutes Essen zu begeistern, und führe eine große Auswahl an Kochbüchern für Hunde. Natürlich verkaufe ich auch Romane oder Handwerksratgeber, aber ich sehe es als meine Mission an, andere weg vom Fertigfutter und hin zum selber kochen zu bringen. Bisher allerdings mit eher mäßigem Erfolg, aber ich gebe nicht auf.

Ich räumte gerade die neuesten Kochbücher in meine Regale, als die Glocke über der Tür erklang. »Hallo Lord, hast Du schon den neuen Roman von Raymond?«, fragte Coconut ein Bernhardiner. »Ja, den habe ich heute Morgen bekommen, aber schau mal, ich habe hier ein neues Kochbuch. *Lamm in dreiunddreißig Variationen zubereitet*«, sagte ich. »Ach weißt Du, wenn ich von der Arbeit aus der Wäscherei komme, möchte ich mich nur noch gemütlich auf die Couch legen und einen Krimi lesen. Ich habe wirklich keine Lust, dann noch stundenlang in der Küche zu stehen«, sagte Coconut. »Du kannst ja am Wochenende vorkochen und es dann nur noch aufwärmen. Es wäre jedenfalls gesünder für Dich«, sagte ich. »Fleisch und Knochen Hundefutter, ist aber lecker und im letzten Test in der Zeitschrift Bark haben sie gut abgeschnitten«, sagte Coconut. »Aber wer bringt denn die Zeitung Bark heraus? Ich sage es Dir. Du kannst es sicher erraten, ja genau Fleisch und Knochen Hundefutter. Da kann man wirklich nicht von einem unabhängigen Test sprechen«, sagte ich. »Wo hast Du denn das nun wieder her?«, fragte Coconut. »Das steht in Deiner geliebten Zeitschrift im Impressum. Bark gehört zu Fleisch und Knochen Hundefutter, mein Freund«, sagte ich. »Und wenn schon, mir schmeckt es, es ist in fünf Minuten fertig und ich kann mich meinem Krimi widmen«, sagte Coconut. »Es war ja nur ein Vorschlag. Warte, ich hole Dir Deinen Krimi«, sagte ich und ging zu dem Regal mit den Neuerscheinungen. Ich nahm Der Geruch des Verbrechens von Raymond und gab es Coconut. »Das macht dann zwanzig Hundemark und fünfzig Hundepfennige«, sagte ich. Coconut bezahlte und nahm das Buch. »Möchtest Du noch eine Tüte dazu?«, fragte ich. »Ich weiß nicht, seitdem Du diese Baumwolltüten mit den übergewichtigen Hunden drauf hast, trage ich meine Bücher lieber unter dem Arm«, sagte Coconut. »Ich bin doch nur um Eure Gesundheit besorgt«, sagte ich. »Das ehrt Dich, aber wir sind alle erwachsen und können schon auf uns

selbst aufpassen«, sagte Coconut. »Ich werde
trotzdem weiter versuchen Euch auf den richtigen
Weg zu führen«, sagte ich. »Tu, was Du nicht
lassen kannst«, sagte Coconut und verließ meinen
Laden. Ich öffnete eine Schublade an meinem Verkaufstresen und entnahm ihm Mandelöl und einen
Baumwolllappen, dann trug ich ein wenig Öl auf
den Stoff auf, und begann damit meinen Tresen zu
polieren. Es roch himmlisch. Nachdem ich fertig
war, räumte ich meine Putzutensilien wieder weg
und begann mit einem Staubwedel die Bücher abzustauben. Viel Staub hatten sie nicht angesetzt,
da ich sie jeden Tag abstaubte. Ich war gerade
im hintersten Eck meines Geschäfts, als die Tür
erneut klingelte. »Lord bist Du da?«, fragte
Mimi eine schwarze Pudeldame. »Hier hinten«,
rief ich. »Lord Du musst mir unbedingt den neuen
Liebesroman von Scarlett bestellen. Er heißt,
Moment, *Zuckerwattewolken in meinem Herz*«, sagte
Mimi und kam zu mir. »Nun, möchtest Du nicht
viel lieber das neue Kochbuch? *Lamm in dreiunddreißig Variationen zubereitet*?«, fragte ich
hoffnungsvoll. »Ach Lord, was willst Du nur
immer mit Deinen Kochbüchern? Die kauft doch
kein Hund«, sagte Mimi. »Na, so würde ich das
nicht sagen«, sagte ich. »So? Und wann wurde bei
Dir zuletzt ein Kochbuch gekauft?«, fragte Mimi.

»Weihnachten. Vor zwei Jahren«, sagte ich kleinlaut. »Da siehst Du es. Du verschwendest viel zu
viel Platz für Deine Kochbücher«, sagte Mimi.
Ich ging hinter meinen Tresen, griff in den
Schrank dahinter und holte Mimi das gewünschte
Buch. »Ich hatte mir schon gedacht, dass Du es
kaufen würdest«, sagte ich und schüttelte den
Kopf. »Du bist eben doch ein guter Buchhändler«,
sagte Mimi und tätschelte mir die Pfote. »Möchtest Du eine Tasche?«, fragte ich. »Hast Du noch
immer diese übergewichtigen Hunde auf der
Tasche?«, fragte Mimi. »Eben diese«, sagte ich
stolz. »Na gut, ich nehme eine«, sagte Mimi
resigniert. Ich kassierte das Buch ab und legte
es in die Tasche. Dann reichte ich sie Mimi.
Kopfschüttelnd verließ sie meinen Laden. Vielleicht sollte ich als Motiv ein Steak auswählen
oder ein Buch, das wäre nicht das Abwegigste für
einen Buchladen. Ich verwarf den Gedanken wieder
und staubte weiter ab.

Mein Telefon klingelte. »Hallo Lord Buchhandlung, Lord am Apparat«, sagte ich. »Natürlich
bist Du am Apparat, Du hast schließlich keine
Mitarbeiter«, sagte Bully, ein Boxer. »Was kann
ich für Dich tun Bully?«, fragte ich. »Ein Not-
fall«, sagte er. »Ah, Deine Tante kommt zum
Essen und Du weißt nicht, was Du für sie kochen

sollst?«, fragte ich. »Quatsch. Ich räume meinen Dachboden auf und bin auf Kisten voller Bücher gestoßen. Du musst mir helfen sie zu entsorgen«, sagte Bully. »Entsorgen? Spinnst Du? Ich kaufe sie Dir ab«, sagte ich. »Die kannst Du geschenkt haben, wenn Du mir hilfst sie vom Dachboden zu entfernen«, sagte Bully. »Gut in einer halben Stunde mache ich zu, dann komme ich bei Dir vorbei«, sagte ich und legte auf.

Ich fuhr mit meinem Collie Kombiauto bei Bully vor. »Ich sehe, Du hast Dein Auto dabei, großartig«, sagte Bully und führte mich auf den Dachboden. »Hier, diese zehn Kisten kannst Du mitnehmen«, sagte Bully und zeigte auf Holzkisten, die randvoll mit Büchern waren. Ich begann gleich damit sie durchzusehen. »Das kannst Du in Deinem Laden machen«, sagte Bully. Und wir trugen die Kisten zu meinem Wagen. »Was willst Du dafür?«, fragte ich, nachdem die letzte Kiste in meinem Kofferraum gelandet war. »Nur, dass Du das Gerümpel hier wegschaffst«, sagte Bully. »Das kann ich doch nicht annehmen«, sagte ich. »Klar, ich bin ja froh, wenn das Zeug aus dem Haus ist«, sagte Bully und klopfte mir auf die Schulter. Fröhlich summend fuhr ich zu meinem Laden zurück und verstaute die Kisten im Lager. Ich konnte es nicht erwarten, die Bücher

zu sichten, und so räumte ich die Kisten aus.
Bücher stapelten sich auf meinem Holzfußboden.
Ein Buch erregte besonders mein Interesse, es
war von einem Anonymus und trug den Titel: *Flie-*
gen, eine Anleitung. Ich ließ die anderen Bücher
in den Kisten, löschte das Licht und nahm das
Buch mit in meine Wohnung über dem Laden.

Das Buch legte ich auf mein grünes Sofa und
ging in die Küche. Heute wollte ich eine Lamm-
keule braten und dazu eine Honig-Senf Soße
machen. Ich zog mir meine Kochschürze an und
begann zu kochen. Es duftete herrlich und das
Essen war köstlich. Nach dem Abwasch legte ich
mich auf meine Couch und blätterte in dem Buch.
Es war sehr interessant, in dem Buch wurde
behauptet, man könne das Fliegen erlernen. Flie-
gende Hunde, amüsante Vorstellung, dann könnte
ich die vorlauten Vögel auch in der Luft jagen.
Ich probierte eine der Übungen und landete auf
meiner Nase. »Das ist wohl ein Scherzbuch«, mur-
melte ich und legte es zur Seite.

    *

Am nächsten Tag startete ich meinen Computer
in der Buchhandlung und verschickte meinen Newsletter zur besseren Ernährung. Ich hatte alle
meine Kunden in den Verteiler aufgenommen und,
nur um ihn zu ärgern, den Bürgermeister Rolf,

einen Berner Sennenhund. Er hatte es schon lange aufgegeben mich nach jeder E-Mail im Laden zu besuchen und zu bitten, ihn nicht mehr anzuschreiben. Meine E-Mail-Adresse blockierte er aber auch nicht. Heute ging es um Dunbark Nassfutter. »Dunbark Nassfutter Huhn, enthält vier Prozent Huhn, Farbstoffe, Konservierungsstoffe, Getreide, vier Prozent Gemüse eine Mischung aus Möhren und grünen Bohnen. Ich weiß ja nicht, wie es Ihnen geht, liebe Leserinnen und Leser, aber etwas mehr Fleisch könnte schon drin sein, wenn Sie mich fragen. Und auf die Farb- und Konservierungsstoffe würde ich auch lieber verzichten. Zweiundneunzig Prozent sind Getreide und Farb- und Konservierungsstoffe, das gibt mir schon zu denken. Falls Sie anderer Meinung sind, können Sie mir gerne schreiben unter Lord@Lord-Buchhandlung.dog, danke für Ihre Aufmerksamkeit«, schrieb ich. »Wenn Ihnen das nicht die Augen öffnet, was denn dann?«, fragte ich mich.

Zehn Minuten später ging meine Türglocke und Rolf stapfte herein. »Lord, Du musst mich endlich aus diesem Mailverteiler raus nehmen. Du verstopfst jede Woche mein Postfach, mit Deinem Schwachsinn«, sagte Rolf. »Na, immerhin liest Du meinen Newsletter«, sagte ich und grinste. »Ich habe ja keine andere Wahl oder? Es könnte ja einmal etwas Wichtiges drin stehen. Aber Woche für Woche werde ich enttäuscht«, sagte Rolf. »Es geht um Deine Gesundheit, Herr Bürgermeister«, sagte ich. »So ein Quark, Du willst nur Deine Kochbücher losbekommen«, sagte Rolf. »In meinem Newsletter weise ich nie auf Bücher hin«, widersprach ich. »Aber es geht meistens um Essen und wie schlecht Fertigfutter ist, da liegt es doch auf der Pfote, dass wir Deine Kochbücher kaufen sollen«, sagte Rolf. »Deshalb mache ich das wirklich nicht. Ich will nur, dass ihr Euch besser ernährt«, sagte ich. »Wie Du meinst. Aber nimm mich aus Deinem Verteiler raus. Ich habe es langsam satt, alle paar Wochen zu Dir in den Laden laufen zu müssen«, sagte Rolf. »Na, wenn ich mir Deinen Bauchumfang so ansehe, schadet Dir die Bewegung nicht«, sagte ich. »Es ist wirklich zwecklos, mit Dir kann man nicht anständig reden«, sagte Rolf und verließ meinen Laden. Ich grinste und sortierte die Kochbücher neu.

In der Mittagspause ging ich zu Butch, einem Schäferhund und kaufte mir Ente. Ich aß zu Mittag nur ein Brot mit Huhn. Der restliche Tag war ereignislos. Ein zwei Kunden kamen auf einen Plausch vorbei und nahmen sich die aktuellen Bestsellerlisten mit, die ich jede Woche aus-

druckte. Nachdem ich meinen Laden geschlossen
hatte, ging ich in die Küche und machte die
Ente. Einen Teil davon legte ich in den Kühlschrank, dann futterte ich genüsslich und ging
eine Runde joggen. Es wurde jetzt schon bald
dunkel, aber ich sah ja gut. Der Wind zupfte an
meinem schwarzen Fell. Als ich auf dem Rückweg
war, begann es zu regnen, ich stellte mich unter
ein Vordach und wartete ab. Aber nach einer
halben Stunde regnete es noch stärker und mir
wurde langsam kalt, also sprintete ich los. Als
ich in meiner Wohnung ankam, war ich pitschnass.
Ich stieg in die Wanne und nahm ein heißes Bad.
»Das tut gut«, seufzte ich, als ich im Wasser
lag. Langsam fielen mir die Augen zu.

Als ich wieder aufwachte, war das Wasser eis-
kalt. Ich zog den Stöpsel und trocknete mich ab.
Dann putzte ich die Zähne und legte mich in mein
Bett. Ich startete meinen CD-Player und hörte
den neuesten Thriller von Max, einem Collie.
Irgendwann schlief ich ein.

*

Als am Morgen mein Wecker klingelte, stand
ich auf und machte meinen Frühsport, zuerst ein
paar Kniebeugen, dann Liegestütze und zum
Schluss Sit-ups. Ich aß etwas von der Ente,
putzte mir die Zähne und ging in den Laden.

Ich notierte mir für den Newsletter nächste Woche, dass ich eine Laufgruppe gründen wollte. Dann holte ich die Bücher rein, die am Morgen geliefert worden waren und verstaute die Bestellten in meinem Schrank hinter der Theke. Leider war kein Kochbuch dabei. Ich überlegte kurz, Rolf aus meinem Verteiler zu löschen, ließ es dann aber bleiben.

Die Türglocke ertönte. »Hallo Maxi, Dein Buch ist heute angekommen«, sagte ich zu Maxi, einer sibirischen Husky Dame. »*Wenn der Schmetterling tanzt,* soll so ein tolles Buch sein«, sagte Maxi. »Das habe ich auch schon gehört. Ich wünsche Dir viel Spaß damit«, sagte ich, kassierte und reichte Maxi das Buch. »Möchtest Du einen Beutel dazu?«, fragte ich. »Nein danke«, sagte Maxi, winkte und verließ den Buchladen. Ich fand die Taschen witzig, aber niemand schien meinen Sinn für Humor zu teilen.

Nachdem ich eine Stunde auf Kundschaft gewartete hatte, aber niemand aufgetaucht war, beschloss ich, meinen Boden zu wischen. Ich füllte meinen grünen Putzeimer mit Bodenreiniger und Wasser und holte meinen Mopp, dann begann ich jede Ecke zu wischen. Als ich fertig war, glänzte der Boden und es roch nach Zitrone. An diesem Tag kam niemand mehr vorbei und ich brach

zu meiner Joggingrunde auf. Diesmal blieb ich
trocken. Zuhause duschte ich schnell, aß noch
etwas von gestern und las weiter in dem Buch,
das ich entdeckt hatte. Ich probierte noch die
ein oder andere Übung aus, aber das Ergebnis war
immer dasselbe, ich landete auf der Nase. Also
beschloss ich, den Praxisteil zu überspringen
und mich nur mit der Theorie zu beschäftigen. Es
klang verblüffend logisch. Als mir langsam die
Augen zufielen, machte ich mich bettfertig und
startete wieder mein Hörbuch, dann schlummerte
ich ein.

In meinem Traum flog ich über die Stadt. Es
war ein schönes Gefühl, den Wind in meinem
schwarzen Fell zu spüren. Ich flog mit den
Vögeln um die Wette. Meine braunen Augen blitz-
ten vor Freude und meine müden Knochen fühlten
sich leicht an. Vor Freude wedelte ich mit dem
Schwanz, dabei verlor ich aber das Gleichgewicht
und stürzte auf den Boden zu. Ich schrak hoch
und erkannte, dass mein Wecker neben mir plärr-
te. Ich schaltete ihn aus und machte meine
Morgenübungen.

   *

Im Laden sortierte ich die neue Lieferung
ein, ich hatte es mir nicht nehmen lassen, ein
neues Kochbuch zu ordern, das stellte ich in

mein Schaufenster und daneben legte ich eine Karteikarte. Zwanzig Prozent Rabatt auf das zweite Kochbuch. Wenn das die Leute nicht zum Kauf bewegen würde, wusste ich auch nicht mehr weiter. Lizzie, eine Beagle Dame kam herein. »Lord, ich brauche dringend ein Kochbuch. *Kochen für vierzig Hunde* oder so etwas in der Art«, rief sie. Mir ging das Herz auf. »Da habe ich genau das Richtige für Dich«, sagte ich und führte sie zu einem meiner Regale mit Kochbüchern. »*Kochen für vierundvierzig hungrige Dalmatiner*. Das ist genau das, was Du suchst«, sagte ich. »Aber ich will für meine Familie kochen und wir sind alle Beagle«, sagte Lizzie. »Lass Dich von dem Titel nicht täuschen. Ich sage Dir, das ist Dein Buch«, sagte ich und nickte ihr zu. »Wenn Du es sagst«, sagte Lizzie und kaufte es, dann verließ sie den Laden, ohne eine meiner Taschen mitzunehmen. Ich sah nach meinen E-Mails. Bisher hatte sich noch niemand für meine Laufgruppe gemeldet, aber ich gab die Hoffnung nicht auf, heute Abend Gesellschaft zu haben. Ich verkaufte an diesem Tag noch drei Bücher. Leider war kein Kochbuch mehr darunter. Aber eins war besser als keins, sagte ich mir. Ich trat in die Nacht hinaus und machte meine übliche Runde. Es war herrlich, den Wind, um die

Schnauze zu spüren. Nach einer Dusche und einem
guten Essen legte ich mich auf mein Sofa. Ich
überlegte, wie ich es schaffen konnte ein paar
Laufpartner zu finden. Es würde ihnen sicher
Spaß machen, wenn sie die ersten Runden gelaufen
waren und keinen Muskelkater mehr bekamen. Vielleicht sollte ich eine Ecke für Fitnessbücher
frei machen. Vielleicht in der Hobbyabteilung,
denn sehr viel Absatz brachten die Häkel- und
Strickbücher nicht, da konnte ich doch das
Sortiment auch ändern. Ich könnte auch ein paar
Flugblätter kopieren und sie den Büchern bei-
legen. Ich nahm mir Zettel und Stift und feilte
an einem Slogan. »Ist Dir das Fernsehprogramm
auch zu langweilig? Komm mit mir laufen. Da
fehlt noch Pep. Möchtest Du nicht auch wie ein
Modell aussehen? Komm laufen. Zu oberflächlich.
Schlemmen ohne schlechtes Gewissen, komm laufen.
Tu etwas für Dein soziales Leben und Deine
Gesundheit, komm laufen. Gute Gesellschaft und
frische Luft? - komm laufen. Das ist es auch
noch nicht«, sagte ich. In meiner Wohnung
schnappte ich mir das Buch *Fliegen, eine Anleitung,* und las, bis ich müde wurde.

Im Traum flog ich wieder über die Stadt und
alle anderen joggten und plauschten. Es war
herrlich, bis mich mein Wecker störte.

*

Ich machte meine Sit-ups, Kniebeugen und
Liegestütze, ging in die Küche und machte Frühstück. Truthahn auf Toast. Dann ging ich in den
Laden. Ich sah nach meinen E-Mails, aber es
hatte sich niemand für die Laufgruppe angemel-
det. Ich suchte mir im Laden ein Brotbackbuch
und legte es zur Seite. Nachdem ich den Laden
geschlossen hatte, kaufte ich noch ein paar
Zutaten ein und brachte Buch und Lebensmittel in
meine Wohnung, dann drehte ich meine Runde und
duschte. Ich hatte mir ein Rezept für Lavendelstangen ausgesucht und befolgte nun genau das
Rezept. Als alles im Ofen war, räumte ich auf.
Es duftete herrlich und ich konnte kaum die
Pfoten von den Stangen lassen, als sie abkühl-
ten. Dafür schmeckten sie einfach klasse, als
ich sie verspeiste. Ich legte zwei zur Seite und
wollte sie morgen im Laden den ersten Kunden
anbieten. Zum Glück sind wir Hunde ja Allesfres-
ser, ohne Backwerk würde uns schon etwas entgehen.

*

Ich hatte kaum den Laden geöffnet, da kam
auch schon der Bürgermeister. »Hatte ich Dich
nicht gebeten, mich aus Deinem Verteiler zu
nehmen?«, fragte Rolf. »Das hast Du«, sagte ich.

»Und?«, fragte er. »Ich dachte, das sei ein Scherz«, antwortete ich. »Ich meine es absolut ernst, nimm mich aus Deinem Verteiler. Ich will nicht joggen«, sagte Rolf. »Aber es täte Dir sicher gut«, antwortete ich. »Was mir guttut, entscheide ich selbst«, sagte Rolf. »Ich erinnere Dich daran, wenn Du im Krankenhaus liegst, wegen verfetteten Organen«, sagte ich. »Du bist so ein Schwarzmaler, vor dem großen Hund«, sagte Rolf. »Der große Hund gibt mir sicher Recht«, sagte ich. »Nimm mich einfach aus Deinem Verteiler«, sagte Rolf und ging. Ich suchte im Hundenet nach seiner privaten E-Mail und fügte sie meinem Verteiler hinzu. Als ich am Abend zu meiner Runde starten wollte, wartete Maxi bereits vor dem Laden auf mich. »Hallo Maxi, schön Dich zu sehen, willst Du mit mir laufen?«, fragte ich hoffnungsvoll. »Ich dachte, ich versuche es einmal«, sagte Maxi. »Das ist nett von Dir. Wollen wir gleich los?«, fragte ich. »Von mir aus gern«, sagte Maxi und wir liefen los. Sie war gut in Form und wir fanden einen angenehmen Rhythmus. »Wie findest Du denn, *Wenn der Schmetterling tanzt*?«, fragte ich. »Es gefällt mir gut, aber ich fand auch schon *Wenn die Raupe tanzt* gut«, sagte Maxi. »War das nicht das Buch, in dem die Detektivin die wertvollen

Stickereien gesucht hat?«, fragte ich. »Genau. Jetzt sucht sie ein Gemälde von einem Schmetterling«, sagte Maxi. »Oh, Kunstraub. Das lese ich sicher auch bald«, sagte ich. »Ich kann es Dir ja leihen, wenn ich damit fertig bin«, schlug Maxi vor. »Das wäre nett«, sagte ich und wir liefen weiter nebeneinander her. Nachdem wir die Runde beendet hatten, verabschiedete ich mich von Maxi und ging in meine Wohnung. Nach einer Dusche und einem kleinen Snack las ich noch ein wenig, machte mich für die Nacht fertig und startete mein Hörbuch. Heute kam ich an eine besonders spannende Stelle, so dass ich nicht einschlafen konnte, bis ich das Ende gehört hatte. Das war gegen drei Uhr der Fall.

*

Als mein Wecker klingelte, war ich wenig begeistert. Aber ich machte trotzdem meine Übungen und frühstückte, Huhn auf Brot. Ich ging in den Laden und sah nach meinen E-Mails. Eine Flut von Antworten auf meine Jogginganfrage war eingetroffen, alles Gründe, weshalb die Leute nicht kommen konnten. Das Kind war krank, das Auto in der Werkstatt, man hatte bereits Karten für´s Kino gehabt oder für´s Theater. Die neue Staffel von *Hund mit Charme* hatte begonnen und etliches mehr. Ich schüttelte den Kopf und holte meine

Lieferungen herein. Nachdem ich alles verstaut hatte, staubte ich wieder die Regale und die Bücher ab. Es sah nicht so aus, als würde gleich jemand kommen, also wischte ich den Boden gleich auch noch. Es klingelte und Maxi betrat den Laden. »Hallo Lord, gehen wir heute wieder gemeinsam joggen?«, fragte sie. »Sehr gern. Hast Du denn keinen Muskelkater?«, fragte ich. »Es zieht ein bisschen, aber das ist nicht weiter schlimm«, sagte Maxi. »Gut, treffen wir uns dann wieder, wenn ich den Laden geschlossen habe?«, fragte ich. »Klar, ich warte vor dem Laden auf Dich«, sagte Maxi. »Oh, da fällt mir etwas ein, ich habe ein neues Rezept ausprobiert. Ich habe noch zwei Lavendelstangen von vorgestern übrig. Möchtest Du probieren?«, fragte ich. »Na, gut ich wage es«, sagte Maxi. Ich reichte ihr eine Stange und wartete gespannt ab. »Hm, wenn Deine Buchhandlung nicht mehr läuft, kannst Du auch Bäcker werden«, sagte Maxi. »Hat es Dir geschmeckt?«, fragte ich. »Oh, ja. Danke«, sagte Maxi. Dann verabschiedete sie sich und verließ den Laden.

»Uh, meine Beine fühlen sich so schwer an«, sagte Maxi. »Das wird mit der Zeit besser werden«, sagte ich. »Schade, ich dachte, es würden noch mehr Leute kommen«, sagte ich. »Lass ihnen einfach ein wenig Zeit, wenn sich herum gesprochen hat, dass wir gemeinsam laufen, dann trauen sich sicher noch andere«, sagte Maxi. »Vielleicht sollte ich Snacks anbieten«, sagte ich. »Dann ist das Ganze doch für das Wildschwein«, sagte Maxi. »Vielleicht kann sich ja mein Buchclub dazu durchringen«, sagte ich. »Meinst Du nicht, sie wären dann jetzt hier?«, fragte Maxi. »Vielleicht trauen sie sich nicht allein«, sagte ich. »Das denke ich nun wirklich nicht«, sagte Maxi und ich gab ihr Recht. »Wünschtest Du Dir eigentlich manchmal, dass Du fliegen könntest?«, fragte ich. »Hm, das wäre sicher nicht schlecht. Ich wäre sicher schneller in der Stadt unterwegs als zu Fuß oder mit dem Auto«, sagte Maxi. »Und die vorlauten Vögel hätten mehr Respekt vor einem«, sagte ich. »Ah, daher weht der Wind. Du willst Vögel jagen«, sagte Maxi und grinste. »Immerhin werfen sie mir immer Gras und Stöcke vor den Laden«, sagte ich. »Das würden sie nicht tun, wenn Du sie nicht immer verjagen würdest«, sagte Maxi. »Also, dann ist das alles meine Schuld?«, fragte ich. »Nun, ja. Zum Teil schon«, sagte Maxi. »Lade sie doch zu einer Lavendelstange ein«, fuhr sie fort. »Ich weiß nicht«, sagte ich. »Versuchen kannst Du es zumindest«, sagte Maxi. Nach dem Joggen verabschiedeten wir uns voneinander. Ich ging in meine Wohnung, duschte und begann neue Lavendelstangen zu backen. Ich öffnete das Fenster und legte die Stangen auf das Fensterbrett. Die Vögel kamen neugierig angeflogen. »Hier ist mein Vorschlag, ihr bekommt jeden Abend ein Gebäck von mir, dafür macht ihr keine Unordnung mehr vor meinem Laden«, sagte ich. Die Vögel pickten die Stangen an und stimmten dann zu. Zufrieden schloss ich das Fenster und legte mich auf das Sofa. Dann schnappte ich mir das Buch und las weiter. Es gab eine neue Übung, ich stellte mich auf das Sofa und sprang dann herunter. Es kam mir so vor, als ob ich einen Moment in der Luft gestanden hätte, das konnte aber auch nur Einbildung gewesen sein. Also legte ich mich wieder hin und las weiter. Als es bereits nach elf Uhr war, machte ich mich bettfertig und schlüpfte unter die Decke. Im Traum flog ich mit den Vögeln um die Wette und gewann. Davon waren die Vögel überhaupt nicht begeistert und begannen damit, mir auf den Kopf zu picken, bis ich endlich landete. Ich meinte sie zufrieden grinsen zu sehen, aber das war bei Vögeln schwer zu sagen.

*

Als mein Wecker klingelte, stand ich auf und machte meine Übungen. Zum Frühstück gönnte ich mir ein wenig Entenpate. Dann bürstete ich mein schwarzes Fell und ging in die Buchhandlung. Ich holte die Lieferung herein und räumte sie weg. Es war auch *Pasteten für Feinschmecker* dabei, darauf hatte ich mich schon sehr gefreut. Ich setzte mich hinter meinen Verkaufstresen und begann zu lesen. Ich machte mir hin und wieder Notizen, wenn ich ein interessantes Rezept gefunden hatte. Die wollte ich am Wochenende ausprobieren und vielleicht eine vegetarische Variante meinen neuen Freunden den Vögeln backen. Mary, fast noch ein Welpe kam in den Laden. »Ähm, hallo Lord«, sagte sie. »Hallo Mary, was kann ich für Dich tun?«, fragte ich. »Ist schon das neue Buch *Stricken für Hunde* angekommen?«, fragte sie. »Hm, da muss ich kurz im Lager nachsehen. Moment«, sagte ich und ging nach hinten. Ich fand das Buch tatsächlich und brachte es in den Laden. »Hier ist es. Das macht zwölf Hundemark«, sagte ich. »Oh, ich habe nur zehn Hundemark gespart«, sagte Mary und sah traurig zu Boden. »Ok, Mary, ich schlage Dir etwas vor«, sagte ich. »Ja?«, fragte Mary. »Du bekommst das Buch für zehn Hundemark, wenn Du dafür eine meiner Pasteten probierst«, sagte ich. »Einverstanden«, sagte Mary. Ich nahm das Geld und gab ihr das Buch. »Wann ist die Pastete fertig?«, fragte Mary. »Ich denke morgen Früh«, sagte ich. »Gut, dann bis morgen«, sagte Mary und verließ den Laden.

Nach der Arbeit schnappte ich mir das Buch und kaufte alles Nötige ein. Kaum in der Küche angekommen, begann ich damit eine Geflügelleber-Pastete und eine vegetarische Pastete zu machen. Etwas von der vegetarischen Pastete stellte ich auf das Fensterbrett und meine neuen Freunde ließen es sich schmecken. Dann probierte ich etwas von der Geflügelleber-Pastete und stellte den Rest in den Kühlschrank. Ich ging wieder mit Maxi Joggen und lud sie für morgen auf ein Stück Pastete ein. Nachdem wir unsere Runde beendet hatten, verabschiedeten wir uns und ich kehrte in meine Wohnung zurück, dann duschte ich, aß noch etwas Pastete und las. Ich war mittlerweile beim Kapitel Schweben angekommen, landete aber bedauerlicherweise immer auf meinem Hintern. Ich gab für heute auf und ging in mein Bett.

*

Am nächsten Tag trug ich die restliche Pastete in den Laden und wartete auf Mary. Sie kam um kurz nach acht. »Du musst nicht probieren«, sagte ich zu ihr. »Doch, das hatten wir so abge-

macht«, beharrte sie. Ich reichte ihr ein Stück
und sie nahm es in den Mund, dann kaute sie
schnell und wurde immer langsamer. »Hm, das ist
ja lecker«, sagte sie mit vollem Mund. »Das
freut mich«, sagte ich und grinste. Da kam Maxi
vorbei und probierte auch ein Stück von der Pastete. »Also, wow, die ist echt lecker. Kannst Du
mir das Rezept geben?«, fragte sie. »Aber gern«,
sagte ich. Ich ging in meine Wohnung, schrieb
das Rezept ab und brachte es Maxi in den Laden.
»Hier ist es schon«, sagte ich. »Das solltest Du
in Deinen Newsletter aufnehmen«, sagte Maxi.
»Meinst Du wirklich? Ich denke, niemand probiert
die Rezepte die ich in den Newsletter packe«,
sagte ich. »War ja nur ein Vorschlag«, sagte
Maxi und leckte sich über das Maul. »Lord, Du
solltest Koch werden«, sagte Mary. »Aber wer
verkauft Euch denn dann die ganzen schönen
Bücher?«, fragte ich. »Auch wahr«, sagte Mary.
»Darf ich noch ein Stück haben?«, fragte sie.
»Aber gern doch«, sagte ich und reichte ihr noch
ein Stück. Einer der Vögel klopfte außen an
meine Scheibe. Ich ging vor die Tür. »Was ist
los?«, fragte ich. »Also, die Pastete, kannst Du
gern öfter machen«, sagte ein Spatz. »So, so«,
sagte ich und grinste, dann ging ich wieder in
die Buchhandlung. »Was war denn das?«, fragte

Maxi. »Ich habe eine Vereinbarung mit den
Vögeln, sie machen keinen Dreck und ich gebe
ihnen etwas zu essen«, sagte ich. »Sehr schlau«,
sagte Maxi anerkennend. »War nur so eine Idee«,
sagte ich. »Also, wenn Dir zufällig die Lotto-
zahlen vom Samstag einfallen, gib Bescheid«,
sagte Maxi. Dann verabschiedeten sich Maxi und
Mary. Ich entwarf den nächsten Newsletter und
packte das Pastetenrezept hinein, mit dem Hin-
weis, dass die Pastete Maxi und Mary geschmeckt
hatte.

   *

Meine neuen Freunde hielten Wort, der Bereich
vor der Buchhandlung blieb frei von Ästen, Blät-
tern oder sonstigem Baumaterial. Allerdings
hatte ich das Gefühl, dass von Tag zu Tag mehr
Vögel zum Essen kamen, bald brauchte ich zwei
vegetarische Pasteten um alle satt zu bekommen.
An manchen Tagen kam ich mir vor, als würde ich
nur einkaufen gehen und kochen. Aber es machte
mir auch Spaß, wenn ich sah, wie es den Vögeln
schmeckte. Auch in der Buchhandlung erfreuten
sich meine Snacks steigender Beliebtheit. Leider
hatte das keine Auswirkungen auf die verkauften
Kochbücher. Damit hatte ich auch nicht so
schnell gerechnet, obwohl es mich schon gefreut
hätte. Am besten verkauften sich Romane über

heldenhafte Hunde, auch gerne im Mittelalter, zugegeben eine spannende Zeit. Als ein neuer Schwung historischer Romane geliefert wurde, musste ich meine Kochbuchecke verkleinern. Das fiel mir sehr schwer, aber ich wurde dafür belohnt, da sich die Romane sehr gut verkauften.

Es klingelte und ich musste grinsen, als ich Rolf sah. »Das gilt auch für meine private E-Mail-Adresse«, kläffte er. »Hallo Rolf, nett Dich zu sehen. Willst Du etwas Pastete?«, fragte ich. »Ja, ich meine Nein«, sagte er schnell. »Sie ist wirklich gut«, versuchte ich, ihn zu überreden. »Na gut. Gib her«, sagte Rolf. Ich reichte ihm einen Teller und eine Gabel. Er schnupperte an der Pastete und nahm dann einen winzigen Bissen. Dann wurde er mutiger und eine Minute später war das Stück, welches ich ihm gegeben hatte verschwunden. »Und?«, fragte ich. »Ganz annehmbar. Und jetzt nimm mich aus Deinem Verteiler«, sagte er. »Aber in meiner letzten E-Mail war das Rezept für die Pastete drin, die Du gerade gegessen hast«, sagte ich und grinste. »Oh, wirklich? Na gut .... dann lass mich drin. Aber glaube nur nicht, dass ich mich für Deinen Joggingtreff anmelde«, sagte Rolf. »Du brauchst Dich nicht anzumelden, komm einfach vorbei, wenn

Dir danach ist«, sagte ich. »Dafür habe ich
keine Zeit«, sagte Rolf. »Aber wir gehen doch
erst um acht«, sagte ich. »Da muss ich ...
meinen Wagen waschen«, sagte Rolf. »Jeden
Abend?«, fragte ich. »Ja, genau«, sagte Rolf und
ging. Ich grinste. Es klingelte und Elsa, eine
schwarz-braune Australian Kelpie Hündin, betrat
die Buchhandlung. »Hallo Elsa, was kann ich für
Dich tun?«, fragte ich. »Lord, oh das duftet ja
herrlich«, sagte sie. »Möchtest Du ein Stück
Pastete?«, fragte ich. »Aber nur ein kleines«,
sagte sie. Ich reichte ihr einen Teller und eine
Gabel. »Oh, das ist ja köstlich«, sagte Elsa.
»Freut mich«, sagte ich. »Ist das das Rezept aus
Deinem Newsletter?«, fragte Elsa. »Ja«, sagte
ich. »Super, das koche ich demnächst nach«,
sagte sie. »Was kann ich denn für Dich tun?«,
fragte ich. »Oh, ja. Ist das neue Buch von
Rebekka, schon da? *Die Burg unter dem Vollmond*?«, fragte Elsa. »Ich habe vor kurzem die
historischen Romane eingeräumt. Augenblick«,
sagte ich. Dann trat ich an das ehemalige Koch-
buchregal und zog das Buch heraus. »Hier ist es
ja«, sagte ich und reichte es Elsa. »Auf Dich
ist einfach Verlass«, sagte Elsa, zog ihr Portemonnaie hervor und bezahlte die fünfundzwanzig
Hundemark. »Möchtest Du einen schönen Beutel

dazu?«, fragte ich. »Oh, ähm, lieber nicht«, sagte Elsa, klemmte sich das Buch unter den Arm und ging. Ich packte den Beutel wieder unter den Tresen und suchte ein Buch im Lager aus, mit dem ich den Platz im Regal füllen konnte. Ich hatte die Wahl zwischen *Tarts* und *Anno 853*. Da ich mit meinen Kochbüchern wenig Erfolg hatte, entschied ich mich für den Roman.

Bis es Zeit zum Joggen war, besuchte mich niemand mehr im Laden und so stellte ich die Pastete in meinen Kühlschrank und wartete vor der Tür auf Maxi und Mary. Sie kamen kurze Zeit später auf mich zu und wir joggten los.

Als wir um die erste Ecke liefen, kam uns Rolf hinterher. »Hallo Rolf, schön, dass Du doch Zeit gefunden hast«, rief ich. »Meine Frau hat Deinen Newsletter gelesen und fand, es sei eine gute Idee, wenn ich mich etwas mehr bewegen würde«, sagte Rolf. »Oh, dann grüß Sarah ganz lieb von mir«, sagte ich. »Wenn ich dazu später noch in der Lage bin«, sagte Rolf und verzog grimmig das Gesicht. »Wir werden schon nicht übertreiben«, sagte Maxi. »Das hoffe ich doch sehr«, sagte Rolf. Rolf zu liebe kürzten wir den Weg heute ein wenig ab. Nachdem wir uns voneinander verabschiedet hatten, ging ich in meine Wohnung und sprang unter die Dusche. Danach gönnte ich mir noch etwas von der Pastete und machte für morgen gleich drei neue. Danach widmete ich mich wieder meiner Abendlektüre. Ich versuchte eine neue Übung, man sollte auf den Hinterpfoten sitzen, die Augen schließen und sich leicht fühlen. Ich versuchte, mich leicht wie eine Feder zu fühlen. Als ich die Augen öffnete, schwebte ich zwanzig Zentimeter über der Couch. Und schon krachte ich auf das Möbel hinab. »Au«, sagte ich und rieb mir den Po. Dann erkannte ich, dass ich tatsächlich geschwebt war. Vor Freude sprang ich in die Luft. Ich versuchte es gleich noch einmal, aber diesmal klappte es nicht. Egal wie sehr ich mich auch anstrengte, ich blieb auf dem Boden. Schließlich entschied ich, dass es Zeit zum Schlafen war. Ich putzte meine Zähne und legte mich in mein Bett.

*

Als der Wecker klingelte, sprang ich aus dem Bett. Hatte ich das gestern Abend geträumt? Ich war mir nicht mehr sicher. Ich duschte, stellte den Vögeln ihre Pastete auf das Fensterbrett, frühstückte ein hartgekochtes Ei und trug die Pastete in die Buchhandlung. Dann holte ich die neu gelieferten Bücher herein und packte sie im Lager aus. Nachdem ich für alle einen Platz

gefunden hatte, stellte ich mich hinter den Verkaufstresen und wartete auf Kundschaft. Als nach
einer Stunde noch niemand aufgetaucht war,
beschloss ich, wieder den Boden zu wischen. Also
holte ich meine Putzutensilien hervor und machte
mich an die Arbeit. Es duftete nach Zitrone. Ich
war gut gelaunt. Jenny, ein Goldenretriever,
betrat den Laden, als ich gerade den Eimer weg-
stellte. »Hallo Lord«, sagte sie. »Hallo Jenny,
was kann ich für Dich tun?«, fragte ich. »Ich
bin heute Abend zum Babysitten bei meiner
Schwester eingeteilt und brauche unbedingt ein
gutes Buch«, sagte Jenny. »Wie geht es Buffy
denn?«, fragte ich. »Oh, sehr gut, sie geht zum
Ballett und deshalb hüte ich Prudence«, sagte
Jenny. »Würde Dir ein historischer Roman
gefallen?«, fragte ich. »Wenn er spannend ist«,
sagte Jenny. Ich ging zum Regal und zog *Anno 853*
aus dem Regal. »Ich denke, der könnte Dir
gefallen. Es gibt Schlachten, aber auch Schilde-
rungen des Lebens der kleinen Leute«, sagte ich.
»Uh, ziemlich dick«, sagte Jenny. »Gut, ich gebe
zu, Du wirst es nicht an einem Abend schaffen«,
sagte ich. »Wie viel kostet es denn?«, fragte
Jenny. »Zweiundzwanzig Hundemark«, sagte ich.
Jenny blätterte es kurz durch. »Für tausenddrei-
hundertzehn Seiten ist das annehmbar«, sagte sie

und zückte ihr Portemonnaie. »Darf ich es Dir in eine Tüte packen?«, fragte ich, nachdem ich das Geld in die Kasse gelegt hatte. »Also, weißt Du Lord, Du bist wirklich ein netter Kerl, aber Deine Beutel, wie soll ich es sagen? Das Motiv, finde ich nicht besonders schön«, sagte Jenny. »Schade, aber ich kann Dir auch eine unbedruckte Papiertüte geben«, schlug ich vor. »Die nehme ich«, sagte Jenny. Ich packte das Buch ein und winkte Jenny zu, als sie meinen Laden verließ. Ich ging in mein Lager und suchte ein neues Buch für die Lücke. Und fand *Anno 853*, warum hatte ich das Buch zweimal bestellt? Ich zuckte mit den Schultern und stellte das Buch in´s Regal. Als es Zeit zum Joggen wurde, nahm ich den Auflauf des Tages mit in meine Wohnung und verteilte ihn in ein paar Plastikschüssel, ging ich vor den Laden. Maxi, Mary, Rolf und Elsa warteten schon auf mich. »Hallo Rolf, hat es Dir doch gefallen?«, fragte ich. »Es hat mir nicht gefallen, aber ich muss, sonst bekomme ich Zuhause nichts mehr zu essen«, sagte Rolf. »Du Armer, ich habe hier noch etwas Pastete«, sagte ich und reichte ihm einen Behälter. »Oh, das duftet«, sagte Rolf. Und nahm einen Bissen. »Ich denke, ich lasse die Runde aus«, sagte Rolf und aß weiter. »Ach komm schon, das macht Spaß«, sagten Maxi und Mary gleichzeitig. »Komm schon, oder ich verpetze Dich«, sagte Elsa. »Darauf wette ich«, sagte Rolf. Er legte die Schüssel vor meinem Laden auf den Boden und begann zu laufen. Wir anderen schlossen uns an. Es war ein schöner Abend. Die Luft roch nach Blumen und Gras. Ich verfiel in einen gleichmäßigen Trab. Als ich meinen optimalen Rhythmus gefunden hatte, spürte ich nicht einmal mehr den Boden unter meinen Füßen, was daran lag, dass ich fünf Zentimeter über dem Boden schwebte. Als ich das bemerkte, krachte ich auf die Erde und verhedderte meine Beine, so dass ich auf der Nase landete. »Oh, Lord, hast Du Dir weh getan?«, fragte Elsa, die wenige Meter vor mir lief. »Oh, wie peinlich«, sagte ich und rappelte mich wieder auf. »Ich war so vertieft, dass ich über meine eigenen Beine gestolpert bin«, sagte ich. Elsa blieb stehen und klopfte mich ab. »Alles in Ordnung?«, fragte sie besorgt. »Ja, mir geht es gut. Danke«, sagte ich. Dann lief ich weiter, achtete aber darauf, dass meine Füße auf dem Boden blieben. Nach der Joggingrunde verabschiedeten wir uns voneinander und ich ging in meine Wohnung. Dort verpflasterte ich mein linkes Hinterbein und duschte. Dann machte ich drei Pasteten und setzte mich auf das Sofa. Ich versuchte an nichts zu denken. Aber es gelang mir nicht. Also las ich noch etwas weiter in dem Buch.

*

Als mich der Wecker aus meinem schönen warmen Bett vertrieben hatte, machte ich meine Übungen. Ich versuchte, noch einmal zu schweben, aber es gelang mir nicht. Vielleicht hatte ich mich gestern Abend auch getäuscht. So ging ich in den Laden, holte die Bücher herein und machte es mir hinter dem Tresen bequem. Die Glocke ertönte und Rolf kam herein. »Hallo Lord, ich sehe, Du hast eine neue Pastete. Kann ich mir davon etwas für die Mittagspause mitnehmen?«, fragte der Bürgermeister. »Aber gern. Warte, ich hole eine Schüssel«, sagte ich. Dann füllte ich etwas in den Behälter und reichte ihn Rolf. »Bist Du heute Abend wieder dabei?«, fragte ich. »Muss ich wohl«, sagte Rolf und grinste. Dann winkte er mir zu und verließ den Laden. Ich schloss die Augen und versuchte wieder zu schweben. »Hallo, Lord. Ähm, bist Du da?«, fragte Balou ein Pekinese. »Hallo Balou. Schön Dich zu sehen. Was kann ich für Dich tun?«, fragte ich. »Ich habe heute Morgen Jenny getroffen und sie hat mir von einem Roman vorgeschwärmt. Warte, ich habe es mir notiert. *Anno 853*«, sagte Balou. »Du hast

Glück, ein Exemplar habe ich noch«, sagte ich.
Ich ging zum Regal und zog es heraus. »Ganz
schöner Wälzer«, sagte Balou. »Aber wenn Jenny
es Dir empfohlen hat«, sagte ich. »Das stimmt«,
sagte Balou und bezahlte. »Ich habe eine wunder-
schöne Tüte ... «, setzte ich an. »Ich nehme
lieber eine Papiertüte«, unterbrach mich Balou.
Ich zuckte mit den Achseln und packte das Buch
ein. Balou winkte mir zum Abschied und ich
setzte mich an meinen Computer, dann bestellte
ich drei weitere Exemplare von *Anno 853*.

Am Mittag ging ich einkaufen, mein Kühlschrank war ziemlich leer. Als ich auf dem Weg
vom Supermarkt zum Buchladen war, hörte ich
einen Welpen kläffen. Ich sah nach oben und
traute meinen Augen nicht. Da saß der kleine
Collie auf dem Fensterbrett und das Fenster
hinter ihm war geschlossen. Er kratze an der
Scheibe und schien jeden Augenblick das Gleichgewicht zu verlieren. Da passierte es, er
rutschte ab und flog auf die Straße zu. Ich ließ
meine Einkäufe fallen. Ohne nachzudenken sprang
ich in die Höhe, ich hätte den Welpen nie errei-
chen dürfen, aber ich hob vom Boden ab und flog
dem Kleinen entgegen. Als ich ihn erwischt
hatte, schloss ich meine Vorderpfoten um ihn und
hielt das kleine Bündel fest. Dann flog ich uns

ganz langsam nach unten. Ich setzte den Kleinen auf der Straße ab und atmete tief durch. »Das war toll, können wir das gleich nochmal machen?«, fragte der Kleine. »Weißt Du, wie gefährlich das war? Du hättest Dich schwer verletzen können«, sagte ich. »Aber Du hast mich doch aufgefangen«, sagte der kleine Kerl. »Versprich mir, dass Du nie mehr auf dem Fensterbrett spazieren gehst«, sagte ich. »Muss ich?«, fragte der Bengel. »Ja«, sagte ich. »Na, meinetwegen. Ich spiele nie mehr auf dem Fensterbrett«, sagte der Collie. Ich tätschelte ihm den Kopf, sammelte meine Einkäufe ein und ging nach Hause. Erst als ich alles verstaute, wurde mir bewusst, dass ich tatsächlich geflogen war. Ich war geflogen. Vor Schreck musste ich mich setzen. Dann versuchte ich, mich zu erinnern, was ich gedacht und getan hatte. Und schon stieß ich mit dem Kopf an meine Küchendecke. »Au«, stöhnte ich und rieb mir den Kopf. Aber ich schwebte noch immer. Ich flog durch die ganze Wohnung, machte Saltos in der Luft und flog um meine Lampen herum. Dann landete ich im Wohnzimmer und stieß mich wieder ab. Es klappte ohne Probleme. Ich flog wie ein Vogel durch die Luft, nur ohne mit den Armen zu wedeln. Ich flog, bis mich jemand ansprach, da krachte ich schmerzhaft auf den Fußboden. »Toll Du kannst fliegen«, sagte ein Spatz, der durch das Küchenfenster geflogen war. »Ja, ist das nicht fabelhaft?«, fragte ich. »Wieso, das ist doch nichts Besonderes«, sagte der Spatz. »Für einen Hund schon«, sagte ich. »Jetzt, wo Du es sagst. Du bist ein Hund. Hunde können nicht fliegen«, sagte der Vogel. »Jetzt schon«, sagte ich. »Gibt es jetzt keine Pastete mehr?«, fragte der Spatz besorgt. »Warum?«, fragte ich. »Na, jetzt kannst Du uns auch in der Luft jagen und vertreiben«, sagte der Spatz. »Keine Sorge, das bleibt unser kleines Geheimnis«, sagte ich. »Schön, ist noch was zu essen da?«, fragte der Vogel. Ich ging mit ihm in die Küche und gab ihm etwas vegetarische Pastete. Nachdem er alles aufgepickt hatte, winkte er mir zu und flog aus dem Fenster. Ich ging wieder in meinen Laden. Hershey stand davor ein Dalmatiner. »Lord, da bist Du ja endlich. Ich dachte schon, Du machst heute gar nicht mehr auf. Ich bin zu einem Geburtstag eingeladen und brauche unbedingt ein Buch«, sagte Hershey. »Nur keine Panik, jetzt bin ich ja da«, sagte ich und schloss den Laden auf. Hershey stürmte vor mir hinein und sah sich gehetzt um. »Was suchst Du denn?«, fragte ich. »Wenn ich das nur wüsste. Vielleicht etwas Klassisches.« »Wie wäre es mit:

Als ich den Hügel bezwang?«, fragte ich. »Zu
verstaubt«, sagte Hershey. »Kann es auch ein
historischer Roman sein?«, fragte ich. »Hast Du
nicht was von Astor, so was wie *Tinker und
Belle*?«, fragte Hershey. »Klar, das hab ich da«,
sagte ich und ging zu dem Regal, in dem das Buch
stand. Als ich es heraus ziehen wollte sagte
Hershey: »Moment, das ist zu bekannt und es
wurde schon hundertmal verfilmt. Oder wie wäre
es mit etwas Romantischem, das aber nicht so alt
ist?« »Gut, wie wäre es mit *Diamanten für
Esther*?«, fragte ich. »Worum geht es da?«,
fragte Hershey. »Esther ist Privatermittlerin«,
sagte ich. »Eine Detektivgeschichte, lieber
nicht«, unterbrach mich Hershey. »Aber es ist
eigentlich eine Liebesgeschichte. Esther ist
privat eine Ermittlerin und bekommt den Auftrag
einen Diebstahl aufzuklären. Sie findet den Dieb
recht schnell, aber erliegt seinem Charme. Sie
fragt sich, ob sie den Täter ausliefern oder mit
ihm durchbrennen soll«, sagte ich. »Oh, das hört
sich gut an. Das nehme ich«, sagte Hershey. Ich
ging hinter meinen Tresen. »Das macht dann acht
Hundemark und fünfzig Hundepfennige. Soll ich es
Dir einpacken?«, fragte ich. »In eine von Deinen
Hundemotivbeuteln?«, fragte Hershey. »Ich kann
Dir auch eine Papiertüte geben«, sagte ich etwas

niedergeschlagen. »Gut die nehme ich«, sagte
Hershey und bezahlte. »Kommst Du heute Abend zum
Joggen?«, fragte ich. »Heute Abend habe ich doch
eine Verabredung, deshalb auch das Buch«, erinnerte mich Hershey. »Dann morgen?«, fragte ich.
»Mal sehen«, sagte er und ging. Ich huschte
schnell in mein Lager und stellte einen neuen
Liebesroman in das Regal. Ich sah mich um, es
war niemand zu sehen und so schwebte ich zur
Decke und langsam wieder auf den Boden. Das
machte wirklich Spaß. Ich lief in meinem Laden
herum und überlegte, ob ich die Bücher anders
ordnen sollte. Vielleicht sollte ich die Liebesromane mehr nach vorne stellen und die Horrorromane weiter nach hinten. In meine Überlegungen
hinein klingelte es. Elsa kam herein. »Hallo
Elsa, was kann ich für Dich tun?«, fragte ich.
»Die Frage ist wohl eher, was ich für Dich tun
kann«, sagte Elsa. »Wegen meines Beins? Das ist
wieder in Ordnung«, sagte ich. »Davon will ich
mich selbst überzeugen«, sagte Elsa. Ich stöhnte
und zeigte ihr mein Bein. »Du hast es ja ver-
pflastert, also tut es Dir doch noch weh«, sagte
Elsa. »Es ist wirklich alles ok. Ich nehme das
Pflaster ab«, sagte ich und zog es vom Bein.
»Siehst Du? Alles in bester Ordnung«, sagte ich.
»Sieht wirklich ok aus«, sagte Elsa. »Bist Du

mit *Die Burg unter dem Vollmond* schon durch?«,
fragte ich. »Also lieber Lord, ich lese ja
schnell, aber so schnell nun auch wieder nicht«,
sagte Elsa. »Ich habe einen historischen Roman
bestellt, er heißt *Anno 853*, hättest Du Interesse?«, fragte ich. »Hast Du den da?«, fragte
Elsa aufgeregt. »Ich habe es bestellt, morgen
früh sollte es da sein«, sagte ich. »Oh, so
schnell werde ich nicht mit dem Buch fertig«,
sagte Elsa. »Ich kann es Dir auch zurücklegen«,
sagte ich. »Das würdest Du tun?«, fragte Elsa.
»Aber klar doch«, antwortete ich. »Gut, aber
verkauf es bloß nicht«, sagte Elsa. »Werde ich
nicht.« »Dann sehen wir uns heute Abend«, sagte
Elsa. »Bis dann«, sagte ich. Elsa ging und ich
machte mir eine Notiz im Computer, dass ich Elsa
das Buch zurücklegte. Ich stellte mich wieder
vor das Regal mit den Horrorbüchern und überlegte, wie ich den Laden neu anordnen könnte.
Vielleicht sollte ich die Horrorbücher im Lager
unterbringen und dafür mehr historische Romane
in die Regale stellen. Aber das könnte zu ein-
tönig wirken. Dann dachten meine Kunden noch,
ich hätte mein Sortiment verkleinert und gingen
zur Konkurrenz. Mein alter Arbeitgeber würde
sich hämisch freuen, wenn meine Kunden zu ihm
abwandern würden. Am besten laufen die Best-

seller, Liebesromane und die historischen Romane, dann kommen Geschenkbücher, Science-Fiction und dann erst Horrorromane. Ach ja und die Krimis nicht zu vergessen, die verkaufen sich noch besser als die Geschenkbücher. Leider will kaum jemand meine schönen Kochbücher. Aber bald ist Halloween, da kaufen die Leute mehr Horror. Wenn ich die historischen Romane ins Schaufenster stelle und dafür ein paar Krimis ins Regal, das könnte doch klappen. So machte ich mich dran, meinen Laden, umzuräumen. Die Fantasy Reihe um Vitol Klemmbauch den Zauberschüler, räumte ich aus dem Fenster und verstaute sie im Lager. Dafür stellte ich einen historischen Roman hinein. Daneben stellte ich ein Buch mit dem Titel *Die Hundekriege* und noch *Maid Konstanzia*. Das sah schon recht ordentlich aus. Dann vertauschte ich das Krimiregal und das Liebesromanregal und das Science-Fiction- und das Horrorregal. Ich konnte es mir nicht verkneifen und stellte zwischen die Liebesromane ein Kochbuch mit dem Titel *Liebesmenüs*. Bis zum Abend hatte ich den Laden komplett umgestaltet. Ich hätte nur noch die Wände neu streichen müssen und keiner hätte meinen Buchladen wiedererkannt. Zufrieden schloss ich ab und trat vor den Laden. Elsa, Maxi, Mary und Rolf warteten schon auf mich. »Hallo, schön, dass ihr alle wieder da seid«, sagte ich. »Oh, Du hast Dein Schaufenster umdekoriert«, sagte Elsa. »Ja. Gefällt es Dir?«, fragte ich. »Ich denke, es gefällt mir besser als vorher«, sagte Elsa. »Das freut ...«, setzte ich an. »Können wir jetzt endlich los?«, fragte Maxi. »Ja, klar«, sagte ich und wir begannen unsere Joggingrunde. »Wartet, bis ihr den Laden von innen seht. Ich habe heute einiges umge-räumt«, sagte ich. »Hast Du die Horrorromane aus dem Laden verbannt?«, fragte Maxi. »Was? Warum? Gefallen sie Dir nicht?«, fragte ich. »Wie viel Horrorromane hast Du, sagen wir in den letzten zwölf Monaten, verkauft?«, fragte Maxi. »Ich glaube keinen«, sagte ich kleinlaut. »Beweisauf-nahme abgeschlossen«, sagte Maxi. »Nimm es nicht so schwer Lord. Wenn Du die Horrorromane in Dein Lager räumst, kannst Du viel mehr Do-it-your-self-Bücher in Deinem Laden platzieren«, sagte Mary. »Meinst Du?«, fragte ich. »Aber klar doch. Die sind praktisch«, sagte Mary. »Schon, aber wo bleibt da der Grusel?«, fragte ich. »Grusel, wusel. Ich sage Dir, verstecke die Horrorbücher im Lager oder versuche sie zurückzuschicken. Stell lieber Liebesromane in die Regale«, sagte Maxi. »Das hatte ich mir auch schon überlegt, ich habe nämlich eine Rangliste erstellt und«, sagte ich. »Schön, schön. Aber was ist mit den historischen Romanen? Die könntest Du ruhig mehr hervorheben«, sagte Elsa. »Das habe ich auch ... «, setzte ich an. »Aber was ist mit Krimis?«, wollte Rolf wissen. »Die habe ich auch neu ...«, begann ich. »Aber Krimis sind doch sowas von out«, sagte Mary. »Das finde ich überhaupt nicht«, widersprach Rolf. »Du hast eben keinen Sinn für das Praktische«, sagte Mary. »Ich entspanne eben gern«, sagte Rolf. »Das sieht man«, sagte Mary und zwickte Rolf in den Bauch. »Ich laufe doch mit euch oder nicht?«, fragte Rolf. »Also da muss ich ihm Recht geben«, sagte Elsa. »Tut mir leid Rolf, war nicht böse gemeint«, sagte Mary. »Schon gut«, sagte Rolf. »Also auch, wenn es mir schwergefallen ist, habe ich die Kochbücher ins Lager geräumt«, sagte ich. »Echt? Ist nicht wahr?«, sagte Mary. »Genau so ist es«, bestätigte ich. »Dann besteht ja doch noch Hoffnung«, sagte Rolf. »Ach, hast Du mich schon aus Deinem Verteiler gelöscht Lord?«, fragte Rolf. »Deine Adresse aus dem Rathaus habe ich gelöscht«, sagte ich. »Schön, schön«, sagte Rolf. Natürlich band ich ihm nicht auf die Nase, dass ich seine private E-Mail-Adresse hinzugefügt hatte, das würde er schon früh genug merken. Ich konnte mir ein Grinsen nicht verkneifen. »Du führst doch etwas im Schilde«, sagte Rolf und sah mich ernst an. »Wie meinst Du das?«, fragte ich. »Das will ich ja von Dir wissen. Was hast Du angestellt?«, fragte Rolf. »Ich bin mir keiner Schuld bewusst«, sagte ich. »Du heckst irgendwas aus, das rieche ich«, sagte Rolf. »Ich würde mir gern nach dem Laufen noch Deinen Laden ansehen«, sagte Elsa. »Ach, wirklich?«, fragte ich. »Lenk nicht ab«, sagte Rolf. »Ignorier unseren Bürgermeister. Also was sagst Du?«, fragte Elsa. »Ihr könnt alle noch mit in den Laden kommen. Ich hole was zu Essen aus meiner Wohnung und wir reden noch ein bisschen«, schlug ich vor. »Das Essen solltest Du streichen«, sagte Mary und sah zu Rolf. »Du bist wirklich gemein«, sagte Rolf und schniefte. »Tut mir leid, das ist mir so rausgerutscht«, sagte Mary und klopfte Rolf aufmunternd auf die Schulter.

Als wir am Laden waren, schloss ich auf. »Du hast wirklich die Kochbücher verbannt. Mein Respekt«, sagte Rolf. »Sieh mal Lord, wenn Du die ganzen Horrorbücher hier wegstellst, hast Du ein ganzes Regal für Ratgeber frei«, sagte Mary. »Die Abteilung mit den Liebesromanen gefällt mir sehr gut«, sagte Maxi. »Aber wo sind die Krimis?«, fragte Rolf. »Ich dachte, ich stelle

sie zu den Horrorromanen«, sagte ich. »Die ja
bald verschwinden«, sagte Mary. »Du könntest ja
zwei Regalreihen mit Krimis füllen und zwei mit
Ratgebern«, sagte Rolf. »Meinst Du?«, fragte ich
zweifelnd. »Das ist eine gute Idee«, sagte Mary.
»Komm wir fangen gleich mit dem Umräumen an«,
fügte sie hinzu. Noch ehe ich etwas sagen
konnte, wurden die Horrorromane schon auf dem
Boden aufgestapelt und Mary holte mit Rolf Ratgeber und Krimis aus dem Lager, dann nahmen sie
die Bücher vom Boden und verstauten sie im Lager
in Kartons. »Und wenn ich zu den Ratgebern vielleicht ein paar Kochbücher stellen würde?«,
fragte ich in die Runde. »Nein!«, riefen alle
gemeinsam. »Ist ja schon gut«, sagte ich. Über-
all wurden Bücher aus den Regalen genommen und
neu einsortiert. Nach zwei Stunden erkannte ich
meinen Laden nicht wieder. Ich hatte jetzt ein
Regal mit Krimis und Ratgebern, ein Regal mit
Liebesromanen, dann eines mit historischen Romanen, ein viertel Regal mit Science-Fiction und
der Rest war mit Geschenkbüchern gefüllt. »Du
könntest vielleicht noch Tee verkaufen«, schlug
Elsa vor. »Aber ich habe doch eine Buchhandlung«, protestierte ich. »Es schadet nicht, wenn
man seinen Horizont erweitert«, sagte Elsa. »Und
vielleicht noch ein bisschen Werkzeug«, schlug

Mary vor. »Ich weiß nicht«, sagte ich. »Du kannst es Dir ja noch überlegen«, sagte Elsa vergnügt.

Nachdem alle gegangen waren, schloss ich erschöpft meinen Laden, ging in meine Wohnung und unter die Dusche. Ich stellte den Vögeln ihr Nachtessen auf die Fensterbank und fiel ins Bett. Ich schlief wie ein Stein.

*

Nach meinen Morgenübungen und einem kleinen Frühstück, ging ich in die Buchhandlung. Ich kannte mich überhaupt nicht mehr aus, wusste nicht mehr, wo was zu finden war. Deshalb stellte ich mich vor jedes Regal und studierte es. Dann schloss ich die Augen und versuchte den Inhalt vor mir zu sehen. Als das endlich klappte, war der Vormittag vorüber. Elsa betrat als Erste den Buchladen. »Hallo Lord, ich bin zwar mit meinem aktuellen Buch noch nicht durch, aber ich dachte, ich kaufe Dir trotzdem schon mal das Buch ab, dass Du für mich zurückgelegt hast«, sagte sie. »Das musst Du nicht, ich kann es noch für Dich aufbewahren«, sagte ich. »Doch, es ist besser, wenn ich gleich Nachschub habe«, sagte Elsa. »Wie Du meinst«, sagte ich und holte das Buch aus dem Schrank. Elsa bezahlte und stromerte noch ein wenig im Laden herum. »Hast Du

Dir schon überlegt, ob Du auch Tee anbieten willst?«, fragte Elsa. »Dachtest Du an losen Tee?«, fragte ich. »Ja, das ist doch der einzig Wahre«, sagte Elsa. »Aber dann müsste ich auch Teeeier und anderes Zubehör anbieten, dafür fehlt mir einfach der Platz«, sagte ich. »Schade. Ich dachte nur, Tee und ein gutes Buch, das ist optimal um den Tag ausklingen zulassen«, sagte Elsa. »Ja, das verstehe ich ja. Ich würde auch gern Auflaufformen verkaufen, aber mein Laden ist einfach zu klein dafür«, sagte ich. »Ja, das stimmt wohl. Ich wüsste nicht, wo Du hier noch etwas unterbringen könntest, es sei denn Du würdest die Hälfte der Regale ent-fernen«, sagte Elsa. »Das kann ich nicht machen, wo sollen dann die ganzen Bücher hin«, sagte ich entsetzt. »Ich möchte Deinen Laden auch gar nicht in ein Restaurant oder einen Teeladen umwandeln, das war nur so eine Idee, aber Du hast einfach zu wenig Platz«, sagte Elsa. »Aber vielleicht kann ich mit Bibi vom Teeladen ein Arrangement treffen. Sie bietet eine Teemischung an, die zum Lesen passt und ich lege ihre Hand-zettel dazu aus«, sagte ich. »Das ist eine gute Idee, ich frage gleich bei Bibi nach«, sagte Elsa und verschwand aus meinem Laden. Nach zwan-zig Minuten war sie zurück. »Ich habe alles in

die Wege geleitet. Bibi bringt Dir später die
Flyer vorbei«, sagte Elsa. »Und welche Teemischung gibt es zum Buch?«, fragte ich. »Etwas
mit Minze«, sagte Elsa. »Das erfrischt den
Geist. Sehr schön«, sagte ich. »Du hast nicht
zufällig gefragt, ob Sie Interesse an meinen
Einkaufstaschen hat, oder?«, fragte ich. »Nein.
Und Lord, Du solltest die Taschen auf Deinem
Dachboden einlagern und dann vergessen«, sagte
Elsa. »Dir gefallen sie also auch nicht«,
stellte ich fest. »Lord, es tut mir leid Dir das
sagen zu müssen, aber sie gefallen niemandem«,
sagte Elsa und klopfte mir auf die Schulter.
Nachdem Elsa gegangen war, sah ich mir meine
Taschen an, ich fand sie gut. Die Türglocke
ertönte und Bibi, eine weiß-braune Greyhound
Hündin betrat den Laden. Sie hatte eine Tasche
um die Schulter gehängt und trug eine Tasse mit
heißem Tee in den Pfoten. »Hallo Lord, hier ist
der Tee, den ich mir dafür vorstelle und hier
sind die Flyer«, sagte Bibi. Sie stellte die
Tasse vor mir ab und holte die Flyer aus ihrer
Tasche. Ich schnupperte und schloss die Augen.
Vor mir sah ich mich auf dem Sofa liegen, die
Tasse Tee neben mir und ein Buch in den Pfoten.
Das fühlte sich sehr heimelig an. »Erde an
Lord«, sagte Bibi. »Oh, entschuldige, ich habe

gerade ein wenig geträumt«, sagte ich und nippte an dem Tee. Er war köstlich. »Der Tee passt super«, sagte ich. Dann sah ich mir die Flyer an. Nach einem harten Tag gibt es nichts Besseres, als sich mit einem guten Buch und einem heißen Tee zurückzulehnen und den Abend zu genießen. Stand da. Darunter war eine Zeichnung, wie sich ein Hund mit Brille auf dem Sofa ausstreckte, Buch und Tee in den Pfoten hielt und lächelte. »Das ist ja toll«, sagte ich. »Ja, findest Du?«, fragte Bibi. »Ja. Dafür hast Du Dir eine Belohnung verdient. Such Dir ein Buch aus«, sagte ich. Bibi sah sich um. »Du hast umgeräumt«, stellte sie fest. Dann ging sie zu den Krimis und nahm sich - *Wenn der Greyhound singt*. »Eine gute Wahl«, sagte ich. »Das habe ich schon gelesen. Es wird Dir sicher gefallen.« »Das denke ich auch. Vielen Dank«, sagte Bibi. »Kannst Du mir hundert Gramm von der Teemischung machen? Ich hole sie ab, wenn ich den Laden schließe«, sagte ich. »Klar«, sagte Bibi und lächelte. Dann verabschiedete sie sich. Ich nahm den Werbezettel und kopierte ihn hundertmal, dann legte ich das Original in eine Klarsichtfolie und verstaute es in einer Schublade hinter meinem Tresen. Es klingelte und Rolf kam in den Laden. »Lord, Du musst mir helfen«, sagte er außer Atem. »Gern«, sagte ich. »Sarah und ich haben heute unseren fünften Verlobungstag und ich habe ihn vergessen. Ich brauche unbedingt ein gutes Buch, um sie zu besänftigen«, sagte Rolf. »Soll es eine Liebesgeschichte sein?«, fragte ich. »Ja, oder warte, besser eine Komödie, sonst beschwert sie sich, weil ich so unromantisch bin«, sagte Rolf. Ich ging zu den Romanen und fischte ein Buch heraus, dann reichte ich es Rolf. »*Der Beagle und das Schwimmbad*«, las Rolf. »Ich weiß nicht«, sagte er. Ich ging wieder zu einem der Regale und nahm ein anderes Buch, dann gab ich es Rolf. »*Liebe in Zeiten der Maul- und Klauenseuche*. Also Lord, wirklich? Hast Du nichts Lustiges?«, fragte Rolf. Ich nahm ein weiteres Buch. »*Die Oma sticht in See*«, las Rolf. »Ich denke, das nehme ich. Es ist doch witzig?«, fragte er. »Ja, die Oma ist eigentlich wasserscheu, muss dann aber ihre Verwandten in Australien besuchen und baut sich ein Floß, damit schipperte sie über das Meer«, sagte ich. »Gut das nehme ich«, sagte Rolf. Ich kassierte, reichte Rolf noch einen der Flyer und er verließ erleichtert den Laden. Ich überlegte, ob blaue Wände ein Gefühl des Abenteuers oder der Sehnsucht auslösen würden. Vielleicht mit ein paar Booten. Aber dann müsste ich den Laden für ein paar Tage schließen und vielleicht würden meine Kunden dann zur Konkurrenz gehen. Vielleicht in den Weihnachtsfeiertagen. Die Türglocke klingelte und Mary kam herein. »Lord, Du verkaufst jetzt auch Tee?«, fragte sie. »Nein, Bibi verkauft Tee«, sagte ich. »Das weiß ich doch, aber ich habe gehört, bei Dir gibt es jetzt auch Tee. Das ist ganz schön gemein von Dir, die arme Bibi«, sagte Mary. »Ich verkaufe keinen Tee, ich habe aber diese schönen Flyer hier. Siehst Du?«, fragte ich und drückte Mary einen Flyer in die Pfote. »Ach so ist das. Ich dachte schon ... aber so fies wärst Du sicher nicht gewesen«, sagte Mary, nachdem sie den Flyer studiert hatte. »Wie fändest Du es, wenn ich meine Wände blau streichen und ein paar Boote dazu malen würde?«, fragte ich. »Das klingt nach Urlaub«, sagte Mary. »Also fändest Du das gut?«, hakte ich nach. »Ich denke schon«, sagte sie. »Super«, sagte ich. »Wann willst Du denn streichen?«, fragte Mary. »Ich dachte an die Weihnachtsfeiertage«, sagte ich. »Puh, ich dachte schon, Du machst demnächst Deinen Laden einfach so zu«, sagte Mary. »Ich fürchte, dafür ist die Konkurrenz zu groß«, sagte ich. »Klar, Fleisch und Knochen gibt es ja auch noch, Dein alter Arbeitgeber«, sagte Mary. »Ja und sie sind noch immer nicht gut auf mich zu sprechen. Sie würden sich sicher die Pfoten lecken, wenn ich ein paar Tage schließen würde«, sagte ich. »Und wenn wir Dir am Sonntag alle beim Streichen helfen würden?«, fragte Mary. »Das kann ich nicht von euch verlangen«, sagte ich. »Du kannst uns dafür ja bekochen«, schlug Mary vor. »Keine Sorge, es ist ja nicht eilig. Ich dachte nur, da jetzt meine Bücher neu sortiert sind«, sagte ich. »Sei nicht so. Deine Joggingruppe ist sicher dabei, wenn Du sie fragst«, sagte Mary. »Das kann ich von euch nicht verlangen«, sagte ich. »Papperlapapp. Ich rufe die anderen kurz an«, sagte Mary und nahm mein Telefon.

Keine zwanzig Minuten später verkündete Mary: »Gut, es sind alle dabei. Du musst aber für das Essen sorgen.« »Das wird kein Problem sein. Danke Mary«, sagte ich. »Doch nicht für diese Kleinigkeit«, sagte Mary und verschwand aus dem Laden.

Am Sonntag um neun ging es los. Mary, Rolf, Elsa und Maxi warteten schon vor dem Laden. »Guten Morgen«, sagte ich und schloss auf. Rolf schleppte zwei Eimer Farbe in den Laden, Mary trug Leinentücher, um den Boden und die Regale abzudecken, Elsa hatte die Pinsel und Mary hatte Schablonen von Booten dabei. Es dauerte eine

Stunde bis die Regale und der Boden abgedeckt
waren, dann rückten wir die Regale gemeinsam von
den Wänden und begannen zu streichen. Auf meinem
Tresen stand eine frische Cannelloni Pastete.
»Ich finde die Idee mit dem Meer und den Booten
gut, das lässt einen direkt von fernen Orten
träumen«, sagte Elsa. »Das war die Idee«, sagte
Mary. Es waren lustige Stunden. Rolf stieg von
der Leiter und tappte mit den Hinterpfoten in
einen Farbeimer. Er fluchte und wir lachten, bis
uns die Bäuche weh taten. Es war ein sehr schöner Tag, am Abend waren wir fertig, die Pastete
war verspeist und wir waren sehr zufrieden mit
dem Ergebnis. »Siehst Du, das war doch viel
besser, als in den Weihnachtsfeiertagen allein
zu streichen«, sagte Mary. »Da gebe ich Dir
absolut recht«, sagte ich. »Und Du brauchst
keine Angst zu haben, dass alle zu Fleisch und
Knochen gehen«, sagte Mary. »Das stimmt«, sagte
ich zufrieden. »Kann ich euch noch zu einem
Kuchen bei Emma einladen?«, fragte ich. »Och,
Lord, das ist nett gemeint, aber ich denke, wir
sind von Deiner Pastete noch so satt und ich
möchte nur noch ein Bad nehmen und dann schlafen
gehen«, sagte Rolf. Die anderen stimmten ihm zu.
»Gut, wie ihr möchtet. Habt vielen Dank, ohne
Eure Hilfe wäre es sicher nicht so gut geworden,

auf alle Fälle wäre es nicht so lustig gewesen«, sagte ich. »Gern geschehen«, sagten die anderen. Wir räumten noch alles zusammen und dann verabschiedeten sich alle von mir. Ich schloss den Laden und ging in meine Wohnung. Die Spatzen saßen in meiner Küche und beschwerten sich, weil sie heute kein Abendessen bekommen hatten. Obwohl ich sehr müde war, ließ ich mich dazu überreden, ihnen noch eine vegetarische Pastete zu machen. Sie aßen zufrieden und ich legte mich in die Badewanne. Meine Vorderläufe taten weh, weil ich dauernd von unten nach oben gestrichen hatte. Nach dem Bad flog ich in mein Schlafzimmer und ließ mich auf das Bett fallen. Kaum hatte ich die Matratze berührt, schlief ich auch schon ein.

      ★

    Am nächsten Morgen stieg ich aus dem Bett und freute mich auf die ersten Stunden im neu gestrichenen Buchladen. Ich machte meine Morgenübungen, allerdings flog ich bis zur Decke, wenn ich mich streckte, frühstückte und ging in die Buchhandlung. Es roch noch nach frischer Farbe und ich öffnete die Ladentür, um zu lüften. Jetzt lud die Buchhandlung wirklich zum Träumen ein. Die Türglocke erklang und Tommy, ein Akita Welpe, betrat meinen Laden, am Bauch war er weiß und am Rücken braun-rot gefärbt. »Hallo Lord. Es riecht ja schrecklich hier«, sagte Tommy. »Wir haben den Laden neu gestrichen, das vergeht sicher bald«, sagte ich. »Jetzt wo Du es sagst. Ich komme mir vor wie auf dem Meer«, sagte Tommy. »Genau das wollten wir erreichen«, sagte ich mit Stolz in der Stimme. »Suchst Du was Bestimmtes?«, fragte ich. »Nein, ich wollte mich nur mal umsehen«, sagte Tommy. »Soll ich Dir eine Führung geben, wo Du was findest?«, fragte ich. »Nicht nötig. Ich weiß ja selbst noch nicht, was ich suche«, sagte Tommy und ver- schwand im Laden. »Comics habe ich nicht«, rief ich Tommy zu, bekam aber keine Antwort. Ich ging in mein Lager und holte die neu gelieferten Bücher rein. Zu meiner Überraschung war ein Comicbuch über das Mittelalter dabei. Ich suchte Tommy und hielt es ihm hin. »Ich habe mich wohl getäuscht, ich habe doch einen Comic«, sagte ich. »Danke Lord, aber ich suche ein richtiges Buch. So was richtig spannendes«, sagte Tommy. »Soll es eine Abenteuergeschichte sein? Da hätte ich D*ie Knocheninsel*«, sagte ich. »Ach ich weiß nicht, ich suche etwas Fantastisches«, sagte Tommy. »Dann viel Erfolg. Wenn Du mich brauchst, ich bin drüben an der Kasse«, sagte ich. Tommy hob nur die Pfote und sah sich weiter die Buchrücken an. Ich sah in meinem Computer nach und da war wirklich das Comicbuch. Wie kam das auf meine Bestellliste? Ich war mir sicher, es nicht bestellt zu haben, aber da stand es auf meinem Monitor und es lag vor mir auf dem Tresen. Sicher würde sich dafür ein Liebhaber finden. Wo sollte ich es nur einsortieren? Ich überlegte eine Weile hin und her und legte es dann in mein Schaufenster. Mary lief gerade am Laden vorbei und steckte ihren Kopf herein. »Lord seit wann verkaufst Du denn Comics?«, fragte sie. »Ich verkaufe einen Comic, glaube ich«, sagte ich. Dann erzählte ich ihr, dass ich mich an die Bestellung nicht mehr erinnern konnte. »Vielleicht solltest Du einen Arzt aufsuchen«, sagte Mary. »Jeder vergisst doch mal irgendwas«, sagte ich. »Das schon, aber das Du Bücher bestellst, die Du normalerweise nicht führst, ohne das ein Kunde es wollte, ist schon seltsam«, sagte Mary. »Vielleicht habe ich mich einfach verclickt und wollte ein Buch oberhalb oder unterhalb des Comics«, sagte ich. »Das hört sich auch nicht besser an«, sagte Mary. »Denkst Du, ich werde langsam vergesslich?«, fragte ich. »Bisher hatte ich nicht den Eindruck«, sagte Mary. »Sehen wir uns heute Abend zum Joggen?«, fragte ich. »Aber klar doch«, sagte Mary und verließ den Laden.

Ich sah auf das Comicbuch, konnte mich aber wirklich nicht daran erinnern, es bestellt zu haben. Ich kratzte mich am Kopf. Und wenn ich doch mal zu einem Arzt gehen würde? Ich ging zur Tür und schloss sie. Der Geruch war jetzt erträglich geworden. Ich sah meine Bestellungen von Samstag durch, da waren aber keine Bücher dabei an die ich mich nicht erinnerte, das beruhigte mich ein wenig. Tommy lief auf die Tür zu und presste etwas unter die linke Vorderpfote. Ohne nachzudenken, sprang ich in die Luft und flog auf ihn zu. »Tommy, hast Du vielleicht vergessen, Dein Buch zu bezahlen?«, fragte ich. »Ich, ach das, ja«, stammelte Tommy. Ich nahm es ihm ab. Es war *Barry der Zauberlehrling* und gerade bei Welpen sehr beliebt. Ich trug es zur Kasse. »Das macht dann zehn Hundemark«, sagte ich. »Lord, ich«, sagte Tommy, dann brach er in Tränen aus. »Tut mir leid Lord, ich wollte das Buch gerade klauen. Ich habe nicht so viel Geld und wollte das Buch doch unbedingt haben. Alle in meiner Klasse haben es schon gelesen und sagen es sei so toll, aber Mama und Papa wollen es mir nicht kaufen. Sie sagen ich soll mein Taschengeld sparen«, sagte Tommy unter Tränen. »Verstehe«, sagte ich. »Tommy, ich gebe Dir das Buch, wenn Du in den nächsten vier Wochen jeden

Samstagnachmittag den Boden in meiner Buchhandlung wischt«, sagte ich. »Was? Du bringst mich
nicht zur Polizei? Und sagst es auch nicht
meinen Eltern?«, fragte Tommy. »Einverstanden,
wenn Du jeden Samstag in den nächsten vier
Wochen meinen Boden wischt«, sagte ich. Tommy
schlug erleichtert ein. Ich reichte ihm das Buch
und öffnete die Ladentür. Tommy sah mich fragend
an und ich nickte ihm zu, dann ging er nach
draußen. Jetzt wurde mir erst bewusst, dass ich
ja auf ihn zugeflogen war, aber das hatte er
wohl überhaupt nicht mitbekommen. Ich musste
vorsichtiger sein, wenn ich herumflog. Ich
machte eine Notiz in meinen Kalender, dass Tommy
die nächsten vier Wochen samstags meinen Boden
wischen würde. Da hatte ich schon mehr Zeit, um
die Regale gründlich abzustauben. Aber warum
damit bis Samstag warten, ich nahm meinen Staubwedel und machte mich ans Werk.

Mary betrat am Abend den Laden. »Lord, kommst
Du heute noch zum Laufen oder nicht?«, fragte
sie. Ich sah auf die Uhr. »Oh so spät schon. Ich
bin in fünf Minuten bei euch«, sagte ich. Wenig
später stand ich vor der Buchhandlung und
schloss ab. »Entschuldigt, ich habe die Zeit
vergessen«, sagte ich. »Nicht so schlimm, wir
sind auch erst seit ein paar Minuten hier«,

sagte Rolf. Dann liefen wir los. Mary fragte:
»Lord, hast Du schon einen Termin bei einem Arzt
vereinbart?« »Einen Arzttermin? Geht es Dir
nicht gut?«, fragte Rolf besorgt. »Alles in Ordnung, ich habe heute nur ein Comicbuch bei der
Lieferung gefunden und kann mich einfach nicht
mehr daran erinnern, es bestellt zu haben«,
sagte ich. »Oh, da solltest Du aber nachsehen
lassen«, sagte Rolf. »Vielleicht bekommst Du
Alzheimer«, sagte Elsa. »Mal doch mal nicht die
Katze an die Wand«, sagte ich. »War nur so eine
Idee, entschuldige«, sagte Elsa. »Ich habe mich
sicher nur verclickt«, sagte ich. »Gut möglich«,
sagte Elsa. »Aber wenn Du Dich untersuchen
lässt, weißt Du es sicher«, sagte Mary. »Ich
denke, wir müssen nicht in Panik geraten, jeder
vergisst mal etwas«, sagte ich. »Wie wahr. So
wie ich fast meinen Verlobungstag vergessen
habe«, warf Rolf ein. »Ganz genau«, stimmte ich
zu. »Na gut, aber wenn Du wieder etwas
bestellst, an das Du Dich später nicht erinnern
kannst, gehst Du zu einem Arzt«, sagte Mary.
»Komm schon Lord, versprich es uns«, sagte Elsa.
»Na gut, ich verspreche es Euch«, sagte ich.
»Ihr habt es alle gehört«, sagte Mary. Die anderen bestätigten es. Nachdem ich in meiner Wohnung war und geduscht hatte, stellte ich den

Vögeln ihr Abendessen raus. Ich war jetzt doch
ein wenig beunruhigt. Warum hatte ich vergessen,
das Comicbuch bestellt zu haben? Ich setzte mich
im Wohnzimmer auf den Teppich und konzentrierte
mich auf letzten Samstag und plötzlich fiel es
mir wieder ein. Mein Rechner hatte gehangen und
ich hatte wild herumgeclickt, dabei muss es passiert sein, denn ich hatte nur noch den Bestellen Button gedrückt und dann das Programm
geschlossen. Mein Gedächtnis funktionierte also
noch einwandfrei. Ich ging zu meinem Telefon und
rief Elsa an, dann erzählte ich ihr, was mir
wieder eingefallen war. »Hm, aber Du hattest es
bis gerade vergessen. Ich finde, Du solltest
doch zu einem Arzt gehen«, sagte Elsa. »Das ist
wirklich nicht nötig, ich hatte das Buch nur
ausgewählt, weil ich den Absturz verhindern
wollte, ich konnte also gar nicht sehen, dass
ich noch ein Buch in den Warenkorb gelegt habe«,
sagte ich. »Siehst Du Dir denn Deine Bestellungen nicht mehr an, bevor Du sie abschickst?«,
fragte Elsa. »Im Normalfall schon, aber ich war
wohl zu genervt, wegen dem beinahe Absturz«,
sagte ich. »Also so richtig überzeugt mich das
noch nicht«, sagte Elsa. »Dir ist es doch sicher
auch schon passiert, dass Du vom Einkaufen
zurückkamst und Sachen in Deiner Tasche hattest,

an deren Kauf Du Dich nicht mehr erinnern konn-
test, aber sie waren auf dem Bon aufgeführt?«,
fragte ich. »Könnte mich nicht daran erinnern«,
sagte Elsa. »Jetzt nimmst Du mich aber auf den
Arm«, sagte ich. »Schon gut, ich hatte einmal
eine Packung Milch zu viel gekauft«, sagte Elsa.
»Siehst Du, das passiert jedem Mal«, sagte ich.
»Ich finde, Du solltest das auf alle Fälle
beobachten, wenn das öfter passiert«, sagte
Elsa. »Das war eine einmalige Angelegenheit,
schließlich stürzt mein Rechner nicht jeden Tag
ab«, unterbrach ich sie. »Wenn es öfter vor-
kommt, solltest Du unbedingt zu einem Arzt
gehen«, sprach Elsa einfach weiter. »Gut, gut,
wenn ich wieder ein Comicbuch bestelle, gehe ich
zum Arzt«, sagte ich. »Warum glaube ich Dir das
nur nicht?«, fragte Elsa. »Du kannst mir in
diesem Punkt vertrauen, ich war ja selbst für
einen Moment unsicher«, sagte ich. »Nimm das
nicht auf die leichte Schulter Lord«, sagte
Elsa. »Das tue ich nicht«, versicherte ich ihr,
dann verabschiedeten wir uns und ich legte auf.
Elsas Worte hatten mich doch zum Grübeln
gebracht, was wenn ich das Buch wirklich vergessen hatte. Aber warum sollte ich ausgerechnet
ein Comicbuch bestellen? Ich hatte keine Bestellungen vorliegen und es hatte sich auch niemand

vor kurzem danach erkundigt. Es machte überhaupt keinen Sinn, dass ich es absichtlich bestellt haben sollte. Mein Telefon klingelte. »Ja, Elsa, was ist denn noch?«, fragte ich. »Was? Wieso Elsa, hier ist Mary.« »Entschuldige Mary. Ich hatte gerade mit Elsa telefoniert und dachte, sie hatte noch etwas vergessen«, sagte ich. »Apropos vergessen. Lord, Du solltest wirklich einen Neurologen aufsuchen«, sagte Mary. »Du auch noch. Sag mal, habt ihr euch abgesprochen?«, fragte ich. »Was? Wer? Ich verstehe nicht, was Du meinst?«, fragte Mary. »Ich habe Elsa gerade schon erklärt, dass ich mich erinnere wie ich das Buch bestellt habe«, sagte ich. Dann erzählte ich Mary dasselbe, was ich auch schon Elsa erzählt hatte. »Das überzeugt mich nicht«, sagte Mary. »Das hat Elsa auch gesagt«, sagte ich resigniert. »Na siehst Du. Versprichst Du mir zum Arzt zu gehen?«, fragte Mary. »Warum sollte ich, es geht mir ausgezeichnet, jeder vergisst mal etwas«, verteidigte ich mich. »Ich mache einen Termin bei Frau Dr. Lucy für Dich aus. Passt es Dir am Mittwoch so gegen zehn?«, fragte Mary. »Ich brauche keinen Arzt«, sagte ich. »Ich will doch nur sicher gehen«, sagte Mary. »Beim großen Hund, Du tust ja gerade so, als ob Du noch nie etwas vergessen hättest«, sagte ich. »Ich habe ein paarmal vergessen, wo ich geparkt habe«, gab Mary zu. »Ha, siehst Du, das ist ganz normal«, sagte ich triumphierend. »Lord, ich mache mir wirklich sorgen um Dich«, sagte Mary und schniefte. »Sag mal, weinst Du?«, fragte ich. »Ja«, sagte Mary. »Beim großen Hund, gut ich lasse mich untersuchen«, sagte ich kapitulierend. »Das ist super. Danke. Wir begleiten Dich auch«, sagte Mary. »Wer sind wir?«, fragte ich. »Na, Elsa, Rolf und ich.« »Dann weiß ich ja, wer mich gleich anrufen wird«, sagte ich. »Also am Mittwoch um halb zehn holen wir Dich ab«, sagte Mary und legte auf. Ich überlegte noch, ob ich Rolf nicht selber anrufen sollte, als das Telefon schon klingelte. »Hallo Rolf, Elsa und Mary haben schon angerufen und Mary macht einen Termin für mich bei Dr. Lucy aus, ihr holt mich am Mittwoch um halb zehn ab«, sagte ich. »Das wollte ich hören Lord, sehr gut, dass Du so vernünftig bist«, sagte Rolf. Ich wollte gerade anfangen, Rolf zu erzählen, was ich schon Elsa und Mary gesagt hatte, sparte es mir aber, es hätte keinen Zweck gehabt.

    *

    Am Mittwoch um halb zehn trat ich aus meinem Laden und alle drei waren schon da. »Hallo Leute«, sagte ich. »Hallo Lord«, sagten die drei

und grinsten mich an. Elsa und Mary hakten mich
unter und brachten mich zu Rolfs Wagen. Nach
wenigen Minuten hielt Rolf vor einem blauen
Holzhaus und wir stiegen aus. Wir betraten die
Praxis, Frau Dr. Lucy eine schwarze Barbethün-
din, begrüßte uns, dann bat sie meine Begleiter,
im Wartezimmer Platz zunehmen und nahm mich in
das Behandlungszimmer mit. Sie machte alle mög-
lichen Tests mit mir, sagte mir Namen, die ich
mir merken sollte, dann maß sie meine Hirnströme
und machte ein CT. Sie führte noch etliche Tests
durch und als ich wieder vor ihrem Schreibtisch
saß, fragte sie mich die Namen, die ich mir
hatte merken sollen. Ich konnte mich an alle
ohne Probleme erinnern. »Also Lord, bei Dir ist
alles in Ordnung«, sagte sie. »Das sage ich doch
schon die ganze Zeit, aber mir glaubt ja niemand«, sagte ich. »Wenn Du es mir erlaubst, sage
ich es Deinen Freunden da draußen«, sagte Dr.
Lucy. »Sehr gern«, sagte ich und grinste.

Auf der Rückfahrt waren alle sehr still und
mieden meinen Blick. Als ich wieder vor meinem
Laden stand, sagte ich: »Wir sehen uns dann
heute Abend zum Joggen.« »Ehrlich?«, fragte
Elsa. »Klar«, sagte ich und betrat meinen Laden.
»Alles nur wegen eines doofen Comicbuchs«, sagte
ich. Dann ging ich hinter den Verkaufstresen und

sah nach, ob ich Bestellungen hatte. Aber heute lag nichts an, wie auch, ich war ja den halben Tag beim Arzt gewesen. Puudy, ein kleines schwarzes Pudelmädchen, betrat den Laden. »Hallo Puudy, ich denke ich habe etwas, dass Dir gefallen könnte«, sagte ich und holte das Comicbuch. »Du hast Comics?«, fragte Puudy, nachdem ich es ihr gereicht hatte. »Nur dieses«, gab ich zu. Sie blätterte es durch und drückte es sich dann an die Brust. »Das kaufe ich Dir ab«, sagte sie. »Bist Du sicher?«, fragte ich. »Aber klar doch«, sagte Puudy. Sie kramte ihre kleine Geldbörse hervor und gab mir das Geld, dann hüpfte sie fröhlich aus meinem Laden. Dann hatte das Ganze doch etwas Gutes. Und am Samstag würde Tommy meinen Boden schrubben, welch eine Erleichterung. Mary kam in den Laden. »Du Lord, kann ich Dir irgendwie im Laden helfen?«, fragte sie. »Nicht nötig, ich habe jetzt samstags Hilfe, Tommy schrubbt meinen Boden«, sagte ich und grinste. »Was? Wieso denn der arme Tommy, das kann ich doch übernehmen«, sagte Mary. »Nein, Tommy arbeitet seine Schulden bei mir ab«, sagte ich. »Oh, Du verkaufst Bücher gegen Putzdienst? Das ist mir aber neu«, sagte Mary. »Sagen wir mal, es ist ein einzigartiges Arrangement«, sagte ich. »Ich habe ein schlechtes Gewissen, weil ich Dich zur Ärztin geschleift habe. Was kann ich tun, damit Du mir verzeihst?«, fragte Mary. »Schwamm drüber. Ich hätte vielleicht ähnlich reagiert, wenn jemand von euch sich nicht mehr an Dinge erinnern könnte, die er oder sie bestellt oder gemacht hat«, sagte ich. »Dann bist Du uns also nicht böse?«, fragte Mary. »Nein, bin ich nicht«, sagte ich. »Da bin ich aber sehr froh«, sagte Mary und umarmte mich stürmisch. »Ich bin sogar beinahe froh, dass ihr euch so um mich gekümmert habt. Immerhin konnte ich so das Rätsel des bestellten Buches doch noch lösen und ich habe es auch bereits verkauft«, sagte ich. »Du schaffst es wirklich noch, einem Hund in der Wüste Sand zu verkaufen«, sagte Mary und lachte. »Das wäre mal eine gute Eigenschaft«, sagte ich. »Gib es doch zu, Dir geht es doch in erster Linie nicht darum Bücher zu verkaufen«, sagte Mary. »Und worum geht es mir dann?«, fragte ich. »Darum, Deinen Kunden die richtigen Bücher zu verkaufen«, sagte Mary. »Ich will nur verhindern, dass es Beschwerden hagelt und niemand mehr bei mir einkauft«, sagte ich. »Quatsch, Du bist mit Leib und Seele Buchhändler und machst Dir laufend Gedanken darüber, was wohl für jeden einzelnen ein passendes Buch sein könnte«, sagte

Mary. »Das ist Teil meiner Berufsbeschreibung«, sagte ich und zuckte mit den Schultern. »Bei Fleisch und Knochen sehen sie das aber anders. Egal was Du willst, sie schwatzen Dir mindestens ein Buch auf, das Du nicht wolltest«, sagte Mary. »Deshalb habe ich auch meinen eigenen Laden«, sagte ich. »Weil Dir Deine Kunden am Herzen liegen«, sagte Mary. »Ich freue mich eben, wenn den Leuten die Bücher gefallen, die ich ihnen verkauft habe«, sagte ich. »Eben, Dir geht es nicht in erster Linie um den Profit.« »Ich bin nicht unglücklich darüber, wenn die Kasse klingelt«, sagte ich. »Das wäre ja auch sehr kontraproduktiv für einen Ladeninhaber«, sagte Mary. Es klingelte. Rolf betrat den Laden. »Hallo Lord, hallo Mary«, sagte Rolf. »Hallo Rolf«, sagte ich. »Ich wollte mal fragen, ob Du die hundertteilige Enzyklopädie noch hast«, sagte Rolf. »Klar«, sagte ich. »Gut, ich nehme sie«, sagte Rolf. »Also, das freut mich ja, aber Du musst Dich nicht in Unkosten stürzen, weil Du ein schlechtes Gewissen hast«, sagte ich. »Das habe ich nicht«, sagte Rolf. »Gib auf, mich hat er auch schon überführt«, sagte Mary. Das Telefon klingelte. »Lord Buchhandlung, Lord am Apparat«, meldete ich mich. »Hallo Lord, hier ist Elsa. Ich wollte fragen, ob ich Dir vielleicht beim Aufräumen in Deiner Wohnung helfen kann«, sagte Elsa. »Willst Du nicht zu mir in den Laden kommen? Mary und Rolf sind auch schon hier«, fragte ich. »Ich bin gleich bei euch«, sagte Elsa und legte auf. Wenige Minuten später stand sie auch schon vor mir. »Also, ihr drei. Mir geht es gut und ihr braucht nichts zu tun, um Eure schlechten Gewissen zu beruhigen. Ich finde es lieb von Euch, dass Ihr Euch Sorgen um mich gemacht habt. Aber wie Ihr jetzt wisst, geht es mir gut. Also sollten wir wieder zum normalen Tagesablauf zurückkehren«, sagte ich. »Einverstanden«, sagten alle drei im Chor. »So, dann sehen wir uns später zum Joggen«, sagte ich und scheuchte sie aus meiner Buchhandlung.

Sie waren pünktlich zur Stelle und wir unterhielten uns ganz ungezwungen über dies und das. Es war ein schöner Abend. Nachdem ich geduscht hatte, versorgte ich die Vögel und scherzte ein wenig mit ihnen. Dann ging ich zufrieden zu Bett.

*

Als ich am nächsten Tag aufwachte, hatte ich eine Idee. Ich rief meinen Lesekreis an und fragte sie, ob sie sich vorstellen könnten, nach dem Lesekreis zusammen zu kochen. Sie wollten es zumindest einmal ausprobieren und so durchstö-

berte ich sämtliche Kochbücher, die ich auf
Lager hatte und stellte ein Menü zusammen. Salat
als Vorspeise, als Hauptgang ein Schmorbraten
und zum Nachtisch Vanilleeis mit Schattenmorel-
len.

Der Abend war eine Wucht. Alle hatten Spaß an
der Leserunde und am gemeinsamen Kochen und das
Essen schmeckte fabelhaft. Jetzt konnte ich die
Leute doch noch für gutes selbstgemachtes Essen
begeistern.

Für das nächste Treffen durften alle Vor-
schläge machen, was das Essen anging. Ich war
schon sehr gespannt. »Du Schlitzohr«, sagte Mary
zu mir, als sie in der Buchhandlung stand. »Wer
ich?«, fragte ich. »Ja Du. Jetzt schaffst Du es
doch noch, dass sich alle besser ernähren«,
sagte Mary. »Das ist doch nicht schlecht«, sagte
ich und grinste breit. »Das habe ich ja auch
nicht behauptet«, sagte Mary und grinste eben-
falls. »Sehen wir uns später zum Joggen?«,
fragte ich. »Aber klar doch, das lasse ich mir
nicht entgehen. Lord, hast Du ein Buch über
Wale?«, fragte Mary. »Ich habe zwei: *Der Wal
mein Freund und das Meer* und *Wissen kompakt der
Wal*«, sagte ich. »Gut ich nehme beide«, sagte
Mary. Ich ging zu den Fachbüchern und holte die
Titel aus dem Regal. »Warum interessierst Du

Dich für Wale?«, fragte ich. »Sie sind so intelligent und doch so fürsorglich, ich habe gestern einen Bericht über sie gesehen«, sagte Mary. »Auf dem Tierkanal?«, fragte ich. »Ja, genau«, sagte Mary. »Viel Spaß mit den Büchern, wenn Du Nachschub brauchst, ruf einfach kurz an oder komm vorbei, dann gehen wir die bestellbaren Titel gemeinsam durch«, sagte ich. »Das ist sehr nett von Dir Lord, das Angebot nehme ich sicher bald an«, sagte Mary. Dann bezahlte sie die Bücher und ging. Ich schloss kurz den Laden und bereitete das Essen für die Vögel zu. Als ich wieder öffnete, stand Tommy vor der Tür. »Hallo Tommy, ich hatte Dich erst am Samstag erwartet«, sagte ich. »Also, war das Dein Ernst, Du überlässt mir das Buch, wenn ich Deinen Boden schrubbe?«, fragte Tommy. »Klar, so war der Deal«, sagte ich. »Gut, ich wollte nur sicher gehen, nicht dass ich am Samstag umsonst aufstehe«, sagte Tommy. »Ich denke, es gibt schlimmeres, als einen Samstag nicht zu verschlafen«, sagte ich und grinste. »Da wäre ich mir nicht so sicher«, sagte Tommy. »Es wird auch nicht ewig dauern, mein Laden ist ja nicht unbedingt riesig«, sagte ich. »Stimmt, dann könnte ich ja am Mittag putzen«, schlug Tommy vor. »Du wirst mir noch dankbar sein, dass Du einen ganzen Tag gewonnen hast«, sagte ich. »Das bezweifle ich zwar ziemlich, aber Du bist immerhin viel älter als ich und weißt, wie der Hase läuft«, sagte Tommy. »Ganz genau«, sagte ich. Tommy nickte mir zu und ging.

Mein Telefon klingelte und Mary meldete sich. »Lord, können wir die Bücher über Wale gemeinsam durchgehen?«, fragte sie. »Bist Du schon mit den zwei Büchern fertig?«, fragte ich erstaunt. »Nein, aber ich will gleich Nachschub haben, wenn ich mit den Büchern durch bin«, sagte Mary. »Mal sehen«, sagte ich und rief meine Bestell-software auf. »Da hast Du einiges zu lesen, ich bekomme über zehntausend Treffer«, sagte ich. »Na, ob ich die alle schaffe, bevor ich in Rente gehe?«, fragte Mary. »Das könnte schwierig werden«, sagte ich. »Wir müssen uns einschrän-ken«, sagte Mary. »Gut, wenn wir uns auf Meeres-biologie beschränken, gibt es noch zweihundert-fünfundsechzig Treffer«, sagte ich. »Das ist doch schon viel besser«, sagte Mary. »Findest Du? Das ist noch immer eine riesige Menge«, sagte ich. »Gut, dann nimm nur die Taschen-bücher«, sagte Mary. »Das sind dann noch ein-undzwanzig«, sagte ich. »Super, bestelle sie mir«, sagte Mary. »Was? Alle?«, fragte ich. »Ja, klar«, sagte Mary. »Oh, ich sehe gerade, es sind nur vierzehn, die anderen handeln von anderen Sachen«, sagte ich. »Umso besser. Los bestell sie mir«, sagte Mary. »Würden nicht auch drei reichen?«, fragte ich vorsichtig. »Ich denke, Du bist Buchhändler«, sagte Mary. »Ja, das bin ich auch«, sagte ich. »Und was machen Buchhändler im Allgemeinen?«, fragte Mary. »Sie verkaufen Bücher?«, fragte ich. »Ganz richtig. Also mach Deine Arbeit und bestelle mir die Bücher«, sagte Mary. »Na gut, es ist Dein Geld«, sagte ich. »Ganz genau«, sagte Mary und verabschiedete sich. Ich zögerte kurz und überlegte, ob ich Mary anrufen sollte, verwarf den Gedanken dann aber, sie würde mir nur einen Vortrag über die Pflichten eines Buchhändlers halten. Also bestellte ich ihr vierzehn Bücher über Wale. Ich schloss meinen Laden, dann stellte ich den Vögeln das Essen raus und verließ die Wohnung. Die anderen warteten schon draußen auf mich. »Hallo Rolf, Elsa und Mary«, sagte ich. »Hallo Lord«, sagten die Angesprochenen. Wir trabten los. Ich lief neben Mary. »Also, Mary, wegen der vielen Bücher. Ich meine bist Du Dir wirklich sicher?«, fragte ich. »Warum sollte ich nicht sicher sein. Das Thema interessiert mich eben«, sagte Mary. »Schon, aber wäre es nicht sinn-voller gewesen ein Buch nach dem anderen zu lesen?«, fragte ich. »Das habe ich auch vor. Wie sollte ich die Bücher denn sonst lesen, etwa kreuz und quer?«, fragte Mary. »Nein, natürlich nicht. Aber vielleicht vergeht Dir die Lust an dem Thema«, sagte ich. »Das werden wir ja noch sehen. Ich überlege, ob ich nicht Meeresbiologie im Fernstudium belege«, sagte Mary. »Aber da geht es nicht nur um Wale«, wandte ich ein. »Manchmal bist Du ein echter Miesepeter«, sagte Mary. »Ich bin ja schon still«, sagte ich und ließ mich zurückfallen. Nach unserer Runde verabschiedeten wir uns und ich ging nach Hause. Nach einer schönen Dusche unterhielt ich mich noch mit den Vögeln. »Lord, wir haben eine Entscheidung getroffen«, sagte ein Spatz. »Aha«, sagte ich. »Wir ernennen Dich hiermit zum Ehrenvogel«, sagte er. »Was? Wirklich?«, fragte ich gerührt. »Ja, Du kannst Dich ab sofort Vogel ehrenhalber nennen«, sagte der Spatz. »Vielen Dank«, sagte ich und flog vor Freude in meiner Wohnung herum.

*

Am Samstag wartete Tommy schon vor dem Laden, als ich ihn öffnete. Ich gab ihm einen Schrubber, einen Eimer, Putzmittel und Wasser. Dann legte Tommy los. Er strengte sich wirklich an, nicht die kleinste Fläche zu vergessen. Nach zwei Stunden blitzte mein Boden, so sauber war er. »Das hast Du sehr gut gemacht Tommy«, sagte ich. »Das freut mich. Wir sehen uns dann spätestens nächsten Samstag«, sagte Tommy, dann räumte er die Putzutensilien auf und verließ den Laden.

Ende

Ich danke Emily und Merlin, sowie meiner Familie. Frau Silke Anders dafür, dass ich das Foto von Lord verwenden darf. Meinen Testleserinnen Anja(auch Korrektorat), Laura und Katja für das Lesen des Manuskripts. Mein Dank gilt auch den Mitarbeiterinnen und Mitarbeitern in den Tierheimen, die sich um die Bewohner kümmern. Und Ihnen sehr geehrte Leserin, sehr geehrter Leser, dass Sie sich das Buch zu Gemüte geführt haben.